郭汉中

一路坚持，精益求精。

“大国工匠人物传”丛书

郭汉中

让三星堆文物『活』起来

葛水平◎著

中国工人出版社

国之大者，工匠先行

——“大国工匠人物传”丛书总序

在新中国成立75周年、中华全国总工会即将迎来成立100周年之际，中国报告文学学会、中国工人出版社联合推出“大国工匠人物传”丛书，向伟大的祖国献礼，向广大劳动者致敬！

“知者创物，巧者述之守之，世谓之工。百工之事，皆圣人之作也。”这是中国所见年代最早的关于手工业技术文献《考工记》中对工匠的记载。“工”之责在于造物，“匠”者为能工鼎识者也。

幼时，老家云南昆明大板桥的老街上，从南头到北头，都是大大小小的手艺人，木匠、石匠、焗匠、骟匠、竹篾匠、鞋匠、箍桶匠……空气中飘荡着木匠的刨花香和石匠敲打出来的粉尘，充满着焗匠手中皮带的“吱扭扭”声、骟匠刀下小猪猡的闷哼、箍桶匠皮锤不轻不重的敲击声。老街上的竹篾匠是我的一个表姨夫，他来自四川，有着一手出神入化的编造竹篾手艺。粗壮的毛竹是表姨夫手中的“百万雄兵”，在一把锋利无比的刀的指挥下，被劈成厚薄、粗细不一的篾。表姨夫的本领仅次于撒豆成兵的天神，他能化篾成物，一般家里能见到、用到的器物，他都能用竹篾编出来。母亲曾命我在老街上买一个暖水瓶的内胆，然后去表姨夫的摊位上，坐等他为暖水瓶胆编制一件竹制的外壳。那个暖水瓶至今还在我家老屋的一个角落里。竹篾壳早已被岁月包了浆，虽然久不使用，却依然油润、红亮。这便是我幼时对匠人的记忆。

五千多年的中华历史长河中，涌现出了无数能工巧匠，他们或如明月光照，或如星河璀璨。一代代薪火相传的工匠精神，不仅成就了那些流芳百世的绝世建筑与器物，更是烛照我们通向文明现代化进程的精神之光，是我们文化的自信心、民族的根与魂。

从“嫦娥”探月到“祝融”探火，从“北斗”组网到“蛟龙”深潜，从港珠澳大桥横跨三地到大兴国际机场凤凰腾飞……这些挺起中华民族脊梁的大国重器、世纪工程背后，无不凝聚着万千工匠的心血和汗水，映照着工匠们孜孜以求、拼搏奋进的身影。

本套丛书收录的是全国总工会历年评选出的大国工匠

的人物传记。他们当中有焊接高铁的“工人院士”李万君、打破国外高端设备维修垄断的王树军、让中国锻件立于世界之巅的刘伯鸣、“人刀合一”的顶级钳工李凯军、在高空“穿针引线”的竺士杰、油田里的创新能手刘丽、了不起的“钢铁裁缝”艾爱国、数控机床上的“雕刻师”孟维、让三星堆文物“活”起来的郭汉中……他们有的是传统加工业的锻造者，为了突破技术瓶颈精益求精；有的是新兴制造业的探路者，为了实现精密制造巧思妙想；有的是军工行业的铸剑者，为了打造国之重器默默坚守；有的是民间手工艺的守护者，为了传承非遗文化精雕细琢……他们奋战在国防军工、装备制造、传统工艺等行业的第一线，以久久为功的钻研和创新，造就了一个个传奇。

这些杰出的工匠，尽管行业不同、岗位不一，成长经历各异，但他们都有着爱党爱国、敬业奉献、创新争先的优秀品质。他们耐得住清贫与寂寞，用灵巧的双手和精湛的技艺，数十年如一日地在平凡的岗位上雕琢自己心中的梦想，以实际行动诠释着“执着专注、精益求精、一丝不苟、追求卓越”的工匠精神。“天下大事，必作于细。”工匠精神既是中华民族技艺世代传承的价值理念，又是中国开启新征程，从制造业大国迈向制造业强国的时代需要。

“大国工匠是我们中华民族大厦的基石、栋梁。”2024年3月5日，习近平总书记参加十四届全国人大二次会议江苏代表团审议时强调“树立工匠精神”，指出“没有金刚钻，揽不了瓷器活”，要“把第一线的大国工匠一批一批培养出来”。党的十八大以来，习近平总书记对建设高素质劳动大军高度重视，强调“当代工人不仅要有力量，还要有智慧、有技术，能发明、会创新，以实际行动奏响时代主旋律”，深刻阐述工匠精神“执着专注、精益求精、一丝不苟、追求卓越”的内涵要义，号召全社会弘扬工匠精神，“为全面建设社会主义现代化国家、实现中华民族伟大复兴的中国梦提供有力人才和技能支撑”。

“匠心聚，百业兴。”无论是传统产业，还是新兴产业、未来产业，大国工匠在发展新质生产力的历史进程中不可或缺。随着经济发展方式转型和产业结构升级，中国要实现由制造大国向制造强国的转变，实现由中国制造向中国创造的跨越，离不开广大劳动者的创新和创造，更离不开对工匠精神的继承和发扬，于是呼唤更多大国工匠成为时代强音。

文艺是时代进步的号角，最能代表一个时代的风貌，最能引领一个时代的风气。中国报告文学学会、中国工人出版社联袂推出“大国工匠人物传”丛书，以图书的形式为大国工匠树碑立传，让他们的故事和精神具有更广泛的交流传播价值和长久的史料价值。本套丛书的写作者奔赴大国工匠生活的城市，深入大国工匠工作的厂区、车间、工作室，获取了全面细致的第一手材料，最终将大国工匠的成长、成才故事呈现在读者面前。

“大国工匠人物传”丛书讲述的是个人奋斗史，也描绘出大国工匠的群体形象。可以说，这套丛书是目前国内系统研究众多大国工匠人生轨迹的权威读本，既有对每位大国工匠的整体介绍和事迹梳理，又有具体的事件、案例，全面、生动地展示了大国工匠各个人生时期的工作和生活状态。

新时代是奋斗者的时代，中国式现代化建设新征程这一宏伟事业为广大工匠技能人才成就梦想提供了广阔舞台。每位劳动者都是主角，都可以成为工匠精神的践行者。大国工匠是新时代的最美奋斗者，更是和平年代当之无愧的英雄。

国之大者，工匠先行，向着中华民族伟大复兴的目标砥砺奋进，行稳致远。

是以为序。

于 2024 年仲春

目 录

第一章 叩响三星堆门环

北方大雪。

此刻的广汉平原温暖如春，偶有小风吹过，三角梅零零星星地开着，一些柑类水果在树上已经成熟，万物青枝绿叶。

南方没有冬天。

鸭子河流过，使平原上出现一道裂谷，不知是河流劈开，还是人工的选择。已经流了无数个年月日的河水，现在变得细小舒缓。广汉平原为风提供了辗转腾挪的条件，风从鸭子河一点点旋起，想把遮挡太阳的云层旋出一道裂口。起风了，风使天空的颜色变得旖旎魅惑。

植物腐败的气味弥漫在风中，风稀释了它的甜腻，丝缕般从行走的人们脸颊前一晃而过。嗅觉灵敏的人，已经明显感觉到季节开始走向最深邃的部分了，时光年复一年这样消逝这样呈现，一副表情，而变化的永远是人世间。

我看见三星堆博物馆出口处挤满了游人，在这个平常的傍晚，我用一天的时间从北方来到此处。

从德阳火车站开车来接我的小孙说：“每天都有这么多人，此刻是闭馆时间。”

我来三星堆博物馆采访“大国工匠”郭汉中——从事文物修复工作 40 年，经手修复承接项目文物高达 6000 余件，为三星堆博物馆创造业务收入 1200 多万元，并为三星堆博物馆乃至四川的文物发掘修复等事业作出卓越贡献的青铜器修复工匠。

中国古代青铜器是几千年前的历史遗物，经过地下埋藏，遭到自然界的腐蚀破坏，出土的铜器往往是破碎和残缺不全的。文化层出土器物，既是传承悠久华夏文明的重要载体，更是一个时代科技能力、工艺水平、历史文化、社会关系、意识形态与宗教信仰的集中体现，并对后世相关工艺的发展和研究产生极其深远的影响。古代器物出土是不可再生资源，随着时间与环境的变化，青铜器在埋藏、保存与传承过程中常会经受不同程度的损害，不仅降低了文物器皿本身的艺术价值，也干扰与阻碍了获取研究工作的进行。一个完整的文物修复过程，是研究器物的时代特点、造型艺术、铸造工艺，并成为近代铸造工艺的重要借鉴，因而大多数的青铜器都需要经过几番修复，以利于它们的长期保存，从而更好呈现它们在历史、艺术和科学中的价值，因而“工匠”是一项非常重要而且有意义的工作。

“大国工匠”是由全国总工会和中央广播电视总台联合举办，于2018年6月启动，经过推荐、初选、评委会评选等环节产生的。郭汉中入选2022年“大国工匠年度人物”。

郭汉中没有学历和文凭，从事文物修复工作40年，也可以说三星堆新馆所有呈现出来的作品几乎都出自他的双手。一个农民，出身苦寒家庭，16岁进入社会，为了生存而努力生活的年轻人，后来成为怀揣手艺走天下的“大师傅”。历史就是历史，过去发生的事实无法改变，时光不可能倒流，历史就是指过去本身。

郭汉中的过去，生存的欲望诱使他成为一个努力者。

三星堆博物馆实拍

努力，是生存的必须方式，是活着的一个肯定证据，是成功必备的一个基本理由。

暮色来临之前，尘土毛茸茸的颗粒在不停地飞舞中也已经蜷伏了，这是一天中三星堆博物馆人流趋缓，空寂得让人几乎忽略知觉的时辰。站在博物馆空阔的大地上，遥想古代，万物有灵是人类祖先对大千世界的共同感受，也是对陌生而神秘世界的最初的解释。在远古，我们的祖先脆弱得犹如蝼蚁。无论是酷烈的太阳、肆虐的风雨、狂暴的江河、冷漠的崇山峻岭，还是凶残的猛兽、无情的烈火、骤然而至的疾病中毒以及想象中的厉鬼，都对他们构成威胁，使得他们恐惧、担忧以至于日夜不宁。他们试图通过人神交往，请求无所不能的神灵同情、关爱、悲悯、宽恕、息怒、庇护和恩赐。

神在，人间在。

三星堆是远古的梦，是一个谜！

这片古老而宁静的风物里，那历史岁月久远的河流在做怎样的流淌？时光的日子将这些厚重的记忆剥落，考古学者收集着三星堆古老而斑驳的信息记忆。这些远古文物神秘的面纱正在一点点被揭开，那些曾经被久远岁月湮没的文明正在一点点被重现……带着一颗好奇的心走来，这些未解之谜在华夏大地上连接着中华文明这个纽带。但是，围绕着三星堆的发现引发了种种纠葛困惑，出土的物件里有太多的话题需要猜想，那是无法言传的奥秘，天地间最大的秘密可能就是我们人类自己，漫长的人类生活有太多的谜题。

如果说三星堆精美绝伦的文物群体，是古蜀先民精神世界的生动写照——礼敬天地的美玉、造型独特的神坛、纵目千里的面具、人鸟合一的神像、振翅高飞的凤鸟、达地通天的神树，都深藏着神祇的信仰；那么，对自然万物的无比虔敬，则展现了古蜀先民浪漫的想象力和非凡的创造力。一段谜一样的历史，在生动诗韵里再现古蜀国辉煌的从前，故事只是从发现开始，透过广汉平原浩荡的长风，将三星堆碎落的记忆组合，将青铜文化的空白祭起。

这里的风景，这里的故事，想象一棵青铜神树任意地摇曳自己的枝叶，无须为别人遮阴，无须进行光合作用，无须接受太阳的亮度对人纤毫毕现的刺穿。即使树被岁月撞击出了无数段伤口，有工匠细细的摩挲，它最后的呈现——青绿，是氧化反应生成碱式碳酸铜形成了的绿锈；如果埋藏环境水分充足，还会有硫化铜的生成，会形成青金石一样的蓝锈；如果青铜器中锡的含量比较高，且集中

三星堆博物馆展厅空间实景照

在表面，就会反应生成氧化亚锡，形成炭一样的黑锈；如果在碱性的环境中，又会生成氧化亚铜，形成玫瑰血一样的红锈……其实，在青铜器刚刚铸造完毕时，所呈现的颜色是金色，古人将其命名为“吉金”。

古以祭祀为吉礼，故称铜铸之祭器为“吉金”。

吉金就是精纯而美好的青铜，有青铜器铭文自称“吉金”，以显示其尊贵。

青铜，人类创造的第一种合金，它的出现让历史进入了一个新的时代——青铜时代。

我在采访郭汉中之前，对青铜时代有了一个简单的了解：它是人类技术发展的阶段中，使用青铜兵器和工具的时代。中国的青铜时代主要指夏至战国时期，战国晚期铁器技术进步，普遍用到生产、生活工具和兵器，青铜时代落幕。中原青铜器，以夏商周核心文化圈为主体，其他如晋、燕、齐、鲁等诸侯国青铜器，虽然结合当地特色有一定创新，但文化内核仍旧是商周青铜文化，所以统称为中原青铜器。夏商周青铜时代重视礼器，因为礼器的多寡直接反映了贵族在等级制度上的尊卑贵贱。所谓“国之大事，在祀与戎”，说的是宗庙祭祀、方国征伐都需要大量的祭器和兵器，青铜器已然是政治地位的象征。

夜色是最好的修饰品，明月在三星堆博物馆上空升起，夜宽容而纵深。

小孙说：“三星堆所有的馆藏文物都是郭汉中老师参与修复的。今年馆里的收入应该有两亿元了。”

我突然并不急于见到郭汉中了，而是想目睹了馆藏文物之后再采访他。

称为“礼器”的青铜，承载了人与神之间沟通和圣化世界秩序的中心纽带。

第二章 历史是过去，但历史从来没有过去

多年来，一直期待看见三星堆馆藏文物。

这些仅存在于神话和传说中的古老的文明，用青铜器记录下来的历史，让我惊叹不已。

1986 年 3 月，四川省文物考古研究所与四川大学历史系考古实习队联合对三星堆遗址进行发掘，就在实习发掘刚刚结束，距实习地点二十米开外的砖瓦厂取土过程中，两个祭祀坑先后突然现世：大型青铜立人、青铜神树、纵目面具、青铜神像、黄金面罩、金杖以及大量玉器和象牙

陆续出土，这一发现立刻将世界的目光聚焦于中国，这些奇特的文物，代表着这里曾经有过一个文明程度十分发达的国度，尤其因为它的特殊性，甚至引发了一些人认为这两个祭祀坑是“外星人”遗留下来的猜测。

时间倒流到1929年春天的一个早晨，那天与往常并没有什么区别。但此时一个意外的发现，改变了家住四川广汉月亮湾的燕道诚及其儿子燕青保后来的人生，甚至也让中国的考古文明进入了一个新的时代，尤其是它的独特性在此前的文明中从未有过类似。

春天，农忙时节，一切静无声息，风吹过，尘土和沙子从地上腾起，万物又因春天的到来开始复苏。

月亮湾村民燕道诚、燕青保父子，像往常一样，一同下地播种。燕青保在老爹燕道诚的指示下，正在地里卖力地挥舞着锄头，忽然间，他觉得自己碰到了什么坚硬的东西。凭直觉，燕青保感觉自己挖到了一个不寻常的物件。这时候他赶紧丢掉手中的铁锹，与老爹燕道诚一起，小心翼翼挖出了一个石磨大小的“石环”。燕道诚也算有点见识，认为此石环看上去不像是现代之物，尤其是怀疑石环的出现，有可能这附近还会有更多的“玉”遗存。怀着激动的心情，父子俩经过一番搜寻，找到了一个塌陷的深洞，挖开后发现里面散落着三百多件文物，这真让燕家父子二人兴奋不已。当然，在那个年代，他们也没有将这些文物上报给上级部门的觉悟，而是将这些东西私自藏了起来，琢磨着为自家换钱度日。起先，拿出一件两件还会被人们认为是他们家里的遗存，但是普普通通的农民怎么可能一再拿出来这么多的好东西去变卖。于是，他们的动作

郭汉中修复的文物

也逐渐引起了人们的关注。

之后，燕家父子身上发生了一些怪事，就是两人先后都得了一场大病，甚至几乎把命给丢了。他们想：难道这是来自窃取的“诅咒”？思考再三便决定暂时不卖文物，但是这些奇怪的玉器已经引起了人们的关注，命运从此开始裹挟着并改写了他们的人生历程。

小道消息传播得如风一样迅速，一些听到消息的文物贩子也纷纷找到燕道诚父子，而在文物贩子的纠缠不休下，燕道诚又卖给了他们一些古玉。

1931 年春，在广汉县（今四川省广汉市）传教的英国传教士董笃宜听到这个消息后，找到当地驻军帮忙宣传保护和调查，还将收集到的玉石器交给美国人开办的华西大学博物馆保管。根据董笃宜提供的线索，华西大学博物馆馆长葛维汉和他的助理林名钧于 1934 年春天组成考古队，由广汉县县长罗雨仓主持，在燕道诚父子发现玉石器的附近地点进行了为期十天的发掘。

发掘收获颇为丰富，葛维汉在事后的报告中大胆推测，器物的年代上限为铜石并用时代，下限大约为公元前 1100 年，这一报告首次确认了遗址的真实存在。因为战乱的影响，三星堆遗址的挖掘计划自然也受到了一定的冲击，但对于文物本身，也起到了一定的保护作用。而这也是三星堆遗址的首次发掘，然而此次发掘之后，便不再有任何消息传出，三星堆遗址从此就沉寂下去，却也躲开了岁月的荆棘。

日子一如既往地朝前飞奔。倘若时间的指针往前拨去，将目光眺望到更久远的历史中，就会从古蜀文明的传承脉络中，看到成都平原的文明进程。面对时间和空间的双重的挤压和释放，打开这道神性而隐秘的门的时机，一再错过。时序给了人世间最重要最坚韧的一根绳索，人们把过去扎紧后，安放在历史的储藏室里，并且把门封死，记忆从此远隔世纪之遥。

新中国成立后，社会发展进入稳定的局势，也让一些搁置的遗址挖掘计划重新提上议程，比如之前的殷墟遗址，三星堆这座散落的古文明同样也在挖掘的计划之中。

20 世纪 50 年代开始，考古工作者又恢复了三星堆的考古工作。当时他们还没有认识到三星堆遗址的巨大规模，所以将三星堆遗址北部的月亮湾地点和南部的三星堆地点各自当作一个遗址，分别命名为“横梁子遗址”和“三星堆遗址”。

“堆”在四川人的口语中有人工垒建的意思，因而三星堆可以理解为人工垒建的三座土台。这三座土台，位于东经 104.2 度，北纬 31 度上。它的东北方，有一道形似弯月的残破城墙，土堆和城墙隔着一条马牧河相望。于是，当地人就给这个景观起了“三星伴月”的雅称。而“三星堆”这个名字，最早的出处已无从考证。不过在清代的嘉庆年间，四川广汉的县志就记载了，当时广汉叫汉州，而汉州八景之一，就是三星伴月堆。

1963 年，由冯汉骥担任领队，四川省博物馆、四川大学历史系组成的联合考古队再次发掘了三星堆遗址的月亮

郭汉中修复的文物

湾等地，展现了三星堆遗址和文化的基本面貌。三星堆的文物遗址如此集中，让人们意识到很可能这里就是古蜀国的一个中心都邑，对它的挖掘必定会意义重大。

可惜，之后又因为各种各样的现实因素，这一次的挖掘也被迫中止。直到 1980 年，三星堆才正式迎来了大规模的正式挖掘，这一次在国家的支持之下，终于将深埋于地下的精彩文物完整地展现在了世人面前。1980 年 11 月至 1981 年 5 月，四川省文物考古研究所在陈德安的带领之下，启动了三星堆遗址的再一次发掘。这一次发现了 18 座房基以及大量的灰坑等遗迹，其中再次出土了大批的石器和陶器。这些文物的出现，都证明这里曾经有着一个丰富的文化国度，甚至于有着极其明显的特殊性。

当我在三星堆博物馆二楼看见出现于 1986 年的遗址挖掘活动之中的“千里眼”“顺风耳”青铜纵目面具时，也看见了通高 2 米多的青铜大立人像……面对这些从三星堆遗址中出土的一件件造型奇异、工艺复杂的文物，站在它们面前，我突然感到古蜀先民浪漫的想象力和非凡的创造力，更感到了一种强大的“生生不息”。

透过文物的神秘瑰丽，其中映射着三星堆文化作为古蜀文明的代表所反映出的兼容并蓄、融合创新，更是中华文明多元一体的重要实证。那些修复文物的工匠，面对古蜀文明出土的造型独特的器物，他们是如何从破碎中修复出一件又一件完整的器物？古蜀人有着鲜明的个性，从三星堆出土的青铜人头像、青铜神树、青铜神坛等器物中，虽能看到中原青铜器的文化元素，但还有一部分纯粹是地域性风格的器物，这一部分器物，往往比中原青铜器的造型更复杂，工匠操作的难度更大，那么郭汉中又是怎样一位拥有学识的“大国工匠”？

中华文明源远流长、博大精深，是世界唯一自古延续至今从未中断的悠久文明，是我们文化自信的源泉。而三星堆身处其中，从其上接宝墩文化，下启十二桥文化的发展脉络中，也能体会到其中的生生不息。

我从网上看到第一代修复三星堆文物专家陈德安对三星堆出土文物的论证——他说：“在三星堆遗址中，能够看到其将延续近2000年的文化，同时还在不断地向前发展。其间虽受到长江流域、黄河流域文化的影响，但它始终保持连续发展，从未间断。”

陈德安还说：“且从宝墩文化到三星堆文化再到十二桥文化，都从黄河流域的王朝文明和长江流域的区域文明中受到影响，且在相当长一段时间里始终保持传统，全面发展，并保持一定的统一性。”我在三星堆采访郭汉中结束后，特意去了一下宝墩古城遗址。遗址在四川省成都市新津区西北的宝墩镇宝墩村，地形奇特，在一马平川的绿色沃野上凸现出一圈不规则的脊梁似的黄土埂子。埂内阡陌纵横，沟渠交错。沟底和两侧往往会发现一些散碎的砖瓦器物。1995 年，成都市文物考古研究所、四川大学考古系及日本早稻田大学联合对宝墩村进行考古发掘，经四个月发掘后确认黄土埂子圈起的地方是距今四五千年的古城遗址，散碎的砖瓦器物是蜀地先民早在四五千年前就进入文明的物证，比三星堆和金沙遗址的年代还要早，属于成都平原古蜀文明的最早阶段。

我国最早的文献记载是商代晚期的甲骨文记录。甲骨文中多次提到了“蜀”。这个“蜀”，应该就是 20 世纪 80 年代发现的“三星堆古城”。如果说古蜀文明分为四期，那么其中的第一期文化又称宝墩文化。这说明三星堆古城是宝墩古城的后继者。也就是说，宝墩古城也是“蜀”。宝墩文化的发现完善了古蜀文明发展演进的脉络：

以成都平原史前城址群为代表的宝墩文化（公元前 2700—公元前 1800 年）；

以三星堆遗址为代表的三星堆文化（公元前 1800—公

元前 1200 年）；

以成都金沙遗址为代表的十二桥文化（公元前 1200—公元前 500 年）；

以成都商业街船棺、独木棺墓葬为代表的战国青铜文化（公元前 500—公元前 316 年）。

此后秦灭巴蜀，辉煌壮美的古蜀文明最后融入汉文化圈，成为中华文明的重要组成部分。总面积达 276 万平方米的宝墩古城遗址的发现，是中华文明探源工程的项目成果。2009 年，作为“中华文明探源工程”的子项目，宝墩古城遗址考古工作重启并持续至今。考古学家目前所了解的宝墩古城由内外双重城墙构成，内城圈平面呈长方形，方向约为北偏东 45 度，是龙山时期晚期四大古城之一。

在“中华文明探源工程”的支持下，陆续发现了内城中部鼓墩子大型建筑群、居住区、墓地、手工业区等古代遗存；初步还原了宝墩文化时期聚落（村落）结构，解读了宝墩时期稻粟兼种、家猪饲养的生业模式，探索了宝墩古城的发展变迁与衰落的过程。2020 年，成都文物考古研究院发现了宝墩时期的水稻田遗迹，这是成都平原迄今为止发现的最早的水稻田，同时，这也是长江上游首次发现 4500 年前的水稻田遗迹。有专家说，宝墩文化是古蜀文明的起源阶段，展示成都平原早期人群适应环境、融合竞争的奋斗发展历程，这一时期初创的水稻种植、家猪养殖、城墙修筑等文明因素奠定的古蜀文明的基础，也可以说是天府之国的始源。

之后我还去了一趟十二桥遗址。

1985 年 12 月，在十二桥，成都市干道指挥部修建水公司、煤气公司办公综合楼地下室时，在地下约 4 米深的地方发现了许多陶片和圆木构件。考古工作人员赶到现场查看后，认为这是一处重要的古代文化遗址。同年，考古工作人员对十二桥遗址的建筑进行了复原。十二桥遗址范围东西长约 142 米、南北宽约 133 米，总面积约 15000 平方米，已掘露建筑面积 1200 平方米。那是木结构“干栏式”建筑——底部以密集的木桩作基础，桩柱上横架地梁，梁上铺地板，上面再以竹木搭建房架，墙壁为竹篾编织，表面抹泥，房顶盖茅草，这种悬空构屋就是“居处不着地”的“干栏式”建筑。十二桥遗址的文化堆积共分 13 层，先秦时期的文化堆积在第 8 层以下。根据发掘简报，第 8 层系战国至秦汉之际的堆积，第 9 层为春秋战国之际的堆积，第 10—13 层系商代早期至商末周初的堆积。不过，在该遗址先秦时期的遗存中，简报只公布了第 10 层以下的材料。该简报记载，十二桥第 10—13 层可以划分为早、中、晚三期。早期为第 13 层，中期为 12 层，晚期为第 11、10 层，并根据“陶器特征及演化特点”，认为“早、中、晚三期变化不是很大”。

十二桥遗址北面的羊子山土台，是成都商周古城内的大型祭祀场所，也是其重要组成部分。该土台大致修建于商代晚期或商周之际，面积为 10372.96 平方米，高度超过 10 米，表现出其在商周古城中的重要地位。这座三级逐次递高的土台，在每级的外侧用土坯砖垒砌成墙（郭墙），内以夯土填实，羊子山土台是古蜀用于宗教祭祀的神圣场所，具有和宫殿、庙宇同等重要的地位，主要用于有诸夷参加的盟誓仪式。土台一直沿用到秦灭巴蜀的公元前 316 年以后，贯穿了商周古城的始末。

陈德安说，由于地理环境的影响，成都平原，就是背靠黄河，面向长江的这么一个地势，长期未出现适宜人生存的环境，直接影响了古蜀先民直到距今五千年时，才进入成都平原繁衍生息。

广汉平原，原本是一个内陆湖，由内陆湖变成外流湖是经过了几万年的变迁，到距今六七千年的时候，湖水才流出去，底部显露出来。随后，成都平原出现河流，随

郭汉中修复的文物

着河流逐渐变深的时候，才出现适宜人类居住的环境。也就是在此时，成都平原的先民从盘桓在茂县营盘山遗址一带，开始进入成都平原，并在距今约4500年时进入宝墩，并孕育了古蜀文明在成都平原的第一缕曙光——宝墩文化。在宝墩文化中，不仅有屈家岭文化的元素，还有石家河文化的影响，更有川东北大巴山南麓的原生文化影响，以及岷江上游的文化影响。

文明，是一个百川归海的过程。成都平原的河水流出，孕育出适宜古蜀人生存的环境。

当下，考古学界一般认为，三星堆文化从宝墩文化发展而来，后接十二桥文化。而连绵两千余年的三星堆文化，又在成都平原不断受到中原文明的影响。在陈德安看来，在距今约3800年之时，在后石家河文化的冲击之下，宝墩文化的架构被打破了一些，这是成都平原迎来了首次文化变革。“而在商灭夏后，极有可能将二里头文化中的一部分人，迁到了成都平原。这个时间大概在商代的初期。”所以，三星堆遗址出土的铜牌饰、铜铃，玉器当中的玉戈、玉璋，陶器中的深腹罐、小平底罐、高柄豆、盉、觚形器，都是受龙山文化末期和二里头文化的影响。“到了殷墟时期，商文化进来以后，三星堆文化和古蜀文明，都受到了商王朝文明的极大影响。也就是说，中原的商王朝文明，一直影响了整个三星堆青铜文化。”

我用两天时间目睹了体量巨大的青铜神树、纵目阔嘴的青铜面具、高鼻大耳的青铜立人、流光溢彩的黄金面罩……3000多年前的古蜀先民，创造的辉煌灿烂的青铜文化，“一醒惊天下”，奇异的美丽让消散在历史尘埃中的只言片语在光影变幻中开始叙述一个古老的文明故事……

广汉平原，鸭子河畔，当青铜时代的风吹过这片沧桑的土地，“三星伴月”熠熠生辉，留下独具一格的文明印记。这里曾流传着“蚕丛及鱼凫，开国何茫然”的古老传说，金乌栖息于通天神树，在叩问苍穹间飞渡千年时光。

从1929年村民燕道诚偶然发现的那坑玉石器，到20世纪30年代美籍教授葛维汉写下的《汉州（广汉）发掘简报》，再到新中国成立后冯汉骥教授推测的这一带“很可能就是古代蜀国的一个中心都邑”。三星堆遗址的发现，使真伪莫辨的古蜀史成为信史，重构了中国青铜时代的文明版图，把四川地区的文明史向前推进了2000多年。

“国之大事，在祀与戎”，如果说三星堆遗址再现了古蜀国的祭祀场景，那么古礼体系作为中华民族凝聚力的组成要素，则在崇礼尚义的进程中丰富了中华文明的内涵。

不论是安阳殷墟的甲骨文，还是刻有“宅兹中国”的西周何尊；不论是牛河梁遗址的“庙坛玉佩，祭祀神话”，还是良渚遗址的“仪式道具，傩礼崇拜”……当我们向历史更深处追溯，就会发现华夏文明之源真是灿若满天星斗。

放眼更宏阔的世界历史坐标，三星堆作为北纬 30 度的“东方传奇”，也为世界读懂中国打开了一扇窗口。三星堆文物自 1993 年首次“走出国门”亮相瑞士洛桑奥林匹克博物馆以来，不断扩大海外“朋友圈”，引来全球各地对中华文化的一次又一次关注。

“躺了千年，盼望与你相见；看了千遍，守望古蜀桑田。”可以说，三星堆遗址每一次惊艳世人的“苏醒”，都关乎文物修复与考古工作人员的“双向奔赴”。

第二章 一双玲珑手

晨阳的淡黄光线里，渐渐托出一个人影。

郭汉中，中等身材，长得敦实，古铜色皮肤是一名考古队员常年风吹日晒留下的印记。看似朴实无华的外表下，却蕴藏着无数巧思。作为参与提取和修复三星堆文物的技术专家，他因热爱而安居一隅，潜心追求文物修复更高境界，用精湛的技艺让无数文物以完美的姿态呈现在游客面前。

相互介绍后，郭汉中指着一期三星堆博物馆标志性建筑说：“留一张照片吧，有纪念意义。”

郭汉中继续说：“我这一生平淡无奇，一切自然而然走到现在。说白了，我就是一个农民。”

我说：“您是‘大国工匠’。”

郭汉中憨笑着说：“一个人不能兴风作浪，是团队共同的努力。遗憾的是没有学太多的文化。这是一个大遗憾，无法弥补。你来采访，想要的资料工会都有。”

我说：“我不是一般的采访。”

之后我们彼此再没有多少话了，对于一般采访之外是什么样的采访，郭汉中一时无法理解。

前方是以“堆列三星，古蜀之眼”为设计理念的新馆。我在新馆泡了两天。青铜神坛、青铜神树、金面具、戴金面罩的青铜人头像、神树纹玉琮……不久前还裹在泥土中半隐半现的三星堆“重器”，被文物修复者全新呈现在世人面前。而郭汉中这位修复者，让世界一睹青铜重器“庐山真面目”的大国工匠，他整个人的状态让我感觉到自己只是遇见了一位不喜欢多说话的乡村老实人。

也许是为了打破此刻的沉默，郭汉中指着新馆说：“新馆是西南地区最大的遗址类博物馆单体建筑，总面积 5.44 万平方米，展陈面积 2.2 万平方米，展出文物

1500余件。”

我问郭汉中：“馆藏文物有多少件是你修复的？”

他说：“全部。听说你在馆里看了两天？”

我说：“是。惊叹，这些面具‘刀眉、栗眼、方颐、阔口、鹰钩鼻、耳垂穿孔’，凝视久了这些充满神秘色彩的面具，会让人产生一种视觉上的震撼。”

他说：“有近600件文物为初次展出，其中包括三星堆3号至8号祭祀坑新出土的文物300余件。”

新馆设计形成3个覆土堆体，寓意“堆列三星”；蓝色玻璃幕墙构成巨大的“古蜀之眼”，向外远眺遗址、向内凝望历史，寓意古今对话。周围草地上有年轻人在忙着采集、照相，欢闹着，追逐着，在这么一个庞大的外观像人脸设计的建筑所在地，实际上，正是这种远古的文明和原始，构成了历史与未来的罕见景象。

跟随郭汉中走进他的工作室，郭汉中的几位徒弟拿着一只瓷碗要他看，他顺手拿来一条毛巾蒙在碗上用工作台上的重器敲击了一下，瓷碗就碎了。从碎了的瓷碗中捡出两块碎片扔掉，一只破碎的瓷碗展现在徒弟面前，郭汉中说：“重新塑型，用所学的知识修补完整。”

他看着我接着说：“最近刚完成了一些修复和清理的工

郭汉中工作场景

作，稍事休息。让徒弟们锻炼下动手能力。”

这期间郭汉中的电话不断，大多是前来采访的记者，忙不完的采访让他感到有些茫然无措；而我也只能在等待中进入他的世界。

郭汉中，1968 年出生在成都南充山区一个小坪上的山村，4 岁时跟随父母迁移到广汉南兴镇真武村。父亲郭芸安是铁路工人，母亲盈素清是农民，曾给合作社养过蚕，弟兄仨，郭汉中排行老二。他小时候对编织非常敏感，是屋子里的巧手，深得母亲喜欢。

4 岁离开故乡，朦胧中有些记忆闪过，后来和母亲聊天中又唤醒了郭汉中对南充山区的一些回忆。

南充山区的老屋在记忆中是那般荒凉。村庄建在高低不平的山洼里，从高处放眼望去，四下里总能望见蓝天和大地的相接处。村子里没有多少人家，有本事的都迁往山外的平川。在印象中，故乡的山在方圆几十里都算是高山，大多是石头房子，也有一些土坯房屋。在郭汉中的记忆中，那些一起玩耍的小伙伴某一天突然就找不见了，在有几十年岁月的树下聚集在一起的人们开始慢慢减少。说来也怪，在对村庄的记忆中，那些比自己大一些的小朋友，无论是砍柴放羊，还是闲暇时游玩，他很喜欢跟着他们在村子里的土坡上爬上溜下。土坡陡峭，足有六七十度，且土质较差，皆是沙土，间有炮石，不能耕种；立在山巅，俯视之，村庄吊在谷底，头晕目眩，不禁使人惊骇；远眺之，其余众山皆矮了半截。父亲对郭汉中说：“站在此处，你能感觉到一览众山小。”

村里有一所小学，村里没有文化程度较高的先生，教书先生是村里出了大钱从外面请来的。或许因为学生很少，慢慢地，学校就没有了。夏秋季节，旷野里便到处飘扬着细细长长的芦草，白穗子在风中高高低低，翻起无尽的波浪；黄颜色的太阳，也总是那般邈远，苍苍茫茫浮涌在芦丛中。山沟里每条河流都像大山的经脉，每条随意走出的山道，连着晨星样稀落的村庄。记忆里，故乡总是泥泥泞泞的，路上满是深深的车辙。即使到了晴天，路也并不好走，一条条土路凝固在那里，生出许多艰难。

父亲是铁路工人，休假从铁路上回家，一回家便去河沟里钓鱼，鱼正好可以作为下酒菜，在记忆里，父亲一回家，母亲便下厨并招呼村里人喝酒。人群散去时常常看见父亲和母亲对饮，酒在记忆里成为一个热闹温馨又幸福的场景。南充山区那种悠然自由的节奏，培养了山区人沉稳朴实的性格，生活是那般闭塞，以致村头猛然来了生人，总有一脸善意冲陌生人微笑，问你几时来的，吃过饭没，邀你到家里坐。民风乡俗可亲可感，从小那些母亲热情好客的记忆陪伴了郭汉中的成长。

村庄里的人家越来越少，父母终于也决定迁走。记得父亲和母亲临走时在老屋喝了最后一次酒，父亲用筷子蘸着酒要 4 岁的郭汉中抿一抿，酒一下就让他上头了。父亲说：“酒壮怂人胆。”

酒的记忆从那时起就种在了郭汉中的心里，后来的日子他喜欢钓鱼，更喜欢用钓来的鱼做菜，招呼同伴们喝酒，酒陪伴了他一生。

那年秋天，天空下着雨，他们全家人带着全部家当离开南充山区落户到广汉南兴镇真武村。来到一个陌生的村子，在这里没有认识的亲戚，生活的艰辛可想而知。

真武村人口多，生活难以满足的欲望也生出许多。山区农民靠种田生存，到了广汉地少了，正是长身体的时候，郭汉中弟兄仨的肚子就是三座粮仓，母亲常常为口粮发愁。

土地上繁衍生息，人们早已认可了这种现状，或者说被这种现状所征服。因此，在郭汉中的成长记忆里，更多的认知是如何帮助家里多干活，并没有感觉到学习知识有多重要，反倒是拔猪草、砍柴是一日必须。每天都有干不完的活儿，早起天刚亮就下地，晚间星星点灯才归。而每天的担子上、车子上还必是结结实实的两大捆烧柴，以续燃一日三餐的炊烟。

记忆中从上小学开始，那时的老师既不安心教书，也不认真教书，郭汉中似乎也受社会“读书无用论”的影响，时不时因为家中琐碎事情而旷课。久而久之，为了未来有一份看得见的工作，哥哥先是去当兵，哥哥一走，家中的重担便落在了郭汉中的肩上。逢年过节跟着母亲去赶集，有一次看见集市上有卖竹编的箩筐，母亲要买箩筐时他突然不让母亲花冤枉钱，他认为自己会编。母亲带着疑惑的眼神看着他，他提起地上的箩筐看了几眼，胸有成竹地给了母亲一个承诺：“给我几天时间，我能编一对儿箩筐。”

母亲半信半疑地看着郭汉中，她知道自己的儿子话不多，也不太会吹牛，但是，编箩筐的事，她没有见他动过手。

竹制品是当地人生活中不可少的东西，几乎无处不用——装菜的竹篮，盛土豆、红薯的竹筐，关鸡鸭的竹笼竹箪，盛物打鱼的竹篓子，挑土装粪的竹撮箕等这些粗物

郭汉中工作场景

件；竹簸、竹筛、鱼筛、饭盒、竹凳、竹椅、鸟笼、虫篓、背篼、箩筐、晒席、睡席、焙笼、鱼转等这些精巧细致的生产生活用品。

郭汉中开始用课余时间找有竹子的地方砍竹子，他要求母亲给他买一把锯子和三四把大小不一、厚薄不等的篾刀。篾刀和柴刀差不多，只是从柴刀中部截断，去掉带钩那节，且无木柄。郭汉中嘴里咬着一截竹皮子，看着屋子里破旧的竹子编的器物，在不知不觉中涎水从敞露的嘴角滴下，淌在胸前的衣服上，他全然不顾，边看边算着，不大一会儿，他像变了个人似的亢奋起来，只见他迅速起身，操起锯子唰唰唰地锯着，不到一个时辰，数十根竹子变成了几堆堆码整齐、长短不一的竹筒子。此后的几天，郭汉中先是将竹子刮去竹节、竹毛，再一分为二剖开，然后在鸭子河里或雨水留下的水塘中浸泡，泡上两天两夜，待竹子变软后捞出，这时竹子的柔韧性得到了大大的提高。郭汉中手里挥舞着篾刀哗啦啦地将竹片劈成一条条，又嗞嗞嗞地将竹条破成一匹匹柔软纤薄的篾片，用篾刀剖成匀称的细条，再刮光，这样就可用于编织了。一匹匹竹篾麻利地在他手中上下挥舞，左右翻飞，每走几路篾，他就用那竹尺伸进竹皮里叭叭叭地击打，勒紧每片竹篾。很快箩筐就编好了，其质量甚至不比集市上卖的差。

简单的编织已经不能满足郭汉中的想法了，他最初用隔片交错捡篾的方法进行编织，这种方法编不出密实的篾器，篾器边缘也不能处理得圆满熨帖，而且竹篾多长就只能编出多长的篾器，无法加长。从母亲的针线活中得到了启发，想到可以改隔片交错捡篾为斜着依序捡篾，这就是“人字纹”的篾编方法。什么东西都有一个原理，琢磨透了，事物就变得简单了。那时，家中养有鸡鸭，用鸡鸭生蛋换油盐，舍不得杀，但腊肉是有的，晚餐因为辛苦了一天，母亲常常会喝点小酒解乏，当然是自己家酿的红薯、苞谷酒，付出的劳动回报简直似神仙一样快乐。

其实广汉平原上到处是竹子，村子里家家户户都会有一个编筐能手，在村庄人的眼里，郭汉中编筐绝对算不上什么看家的手艺，顶多算是养家糊口的家什活。不过，这里边有一个现象，那就是他喜欢做精细的活计，心里会反复思考一个问题，喜欢用自己的角度、立场、感情深化对喜欢做的事物的认知。“处处留心皆学问”，有些时候还喜欢用一些泥巴捏一些小动物，看见什么就想随手团泥巴捏什么。捏好的小动物又随手扔出去，他用双手来记录岁月的华美年轮。

真武村北部的鸭子河，又名湔江，属长江水系。每年都会有成千上万只北方的“野鸭子”来此越冬，故而得名“鸭子河”。鸭子河是广汉的母亲河，滋养了辉煌灿烂的三星堆文化。郭汉中听考古人员说，鸭子河应该是三星堆王国重要的水上交通运输通道，鸭子河南岸曾出土过青铜器和玉石器。时至今日，鸭子河仍然供应着城区的饮用水和周边农田的灌溉用水。

20 世纪 80 年代，四川省文物考古研究所的考古队员到三星堆搞发掘，需要一个住处，就租了郭汉中家的房子。那时郭汉中才 14 岁，还是一个喜欢在鸭子河里扑腾，和小伙伴嬉戏打闹的孩子。

郭汉中早就听村里老人讲过三星堆的神奇，近水楼台，他和考古队员成了忘年交。放学后，如果不需要拾柴火，他也会跟随考古人员去看发掘，闲余时间还帮着考古队买菜、干杂事，甚至经常骑着一辆破自行车去镇上接专家。

有一次，郭汉中照着三星堆出土文物的样子，找了一块石头“磨了几下”，做了一个石斧，埋在探方中，想捉弄一下考古队员。不料他的举动被时任三星堆遗址发掘项目领队的陈德安看在眼里，挖开一看，假装说：“哎呀，这里有一个新石器时代的石斧，看样子是古人苏醒后新做了一个，我们要不要先寻找古人的踪迹？”大伙笑着围过来看，“别说还做得挺像，小家伙搞文物修复有天赋。”

好奇心使郭汉中脑子里充满了想知道一切模仿一切的欲望：从前和现在的天空一样吗？树上也有乌鸦窝吗？毒辣的日头把田烤得滚烫，从前的人们在田里种植了什么样的庄稼？看着考古人员挖掘出来的几千年前的坛坛罐罐，那下面埋着一个怎样的世界？

在郭汉中的师父杨晓邬的记忆里，那时的郭汉中只是一个特别调皮的初中生，“1984 年那会儿，我们开始在坑里挖文物，就借住在他们家，他上手快又聪明鬼精，有一次就捏了个假的陶器，埋在坑里，看我们是不是看得出来。最初我们就让他跟着学点陶器的修复，他很勤奋，每天早早就烧好水给大家泡好茶，生好炉子。后来三星堆有青铜和玉器陆续出土，就把他调来成都了”。

回忆起最早对修复陶器的认知，郭汉中印象最深的不是技术上的学习收获，而是性格上的转变——“天天拿着一把刀，见到不同的器物就是削削削。你想想，在那种情况下任何脾气性格都会被磨平。搞修复的人一般都要静得下来，不能急躁，工作要细致，一急躁陶器瓷器掉在地上，你就打碎了一段历史。”

如果说在传统手工业生产过程中，“工”指具有一定技能从事直接生产劳动的劳动者，而“匠”除了要具有专门的生产技能，即从事治、做、制造等工作外，还要具备教育的能力。换言之，“匠”是传统手工业技能的传承者。

在郭汉中的记忆里，广汉平原的远方是一望无际的，青绿的土地上是色彩斑斓的；近处平地深邃，鸟语虫声，甚是清静；无数条曲折蜿蜒的道路交织，将村庄的人们、家户和村庄都织在其中，构成了一张似乎杂乱无章又仿佛秩序井然的生活写意图。天黑了，街头巷尾陆陆续续走来一些人，他们有一搭没一搭地说话，说的都是世上的稀奇事，当然，不外乎也说一些真武村地层下的宝贝。

历史和当前，从前和未来，天地人三者合一，你中有我，我中有你，相互融为一体，对未知的好奇心一再让郭汉中激动——这是怎样的一个世界呢？从前、现在、未来？

郭汉中目睹过巨大的狂风卷着尘土，从北边天际间像巨浪一样泛起，人在平原上被吹得东倒西歪，鸟雀鸣叫着，在混沌的天地间失去方向，但是瞬间过后万物又沐浴在明媚和谐的阳光下。可是午后，甚至还等不到午后，西北角或西南角又生起了一块云，云由白变灰，由灰变黑，愈积愈大，越滚越浓，渐渐地覆盖了半个天际，不一会儿便开始了闪电，但只看到打闪，并不曾听到雷声。当他欣赏着天地的变化时，闪电越打越亮，间隙愈来愈短，那沉闷的雷声终于发作了。乌云在狂风的牵引下迅速向大地扑了过来，大雨说到就到了，他一溜烟儿跑回家中，看见先他而回的考古队员，他竟然萌发了和他们学艺的想法。

郭汉中知道，他还是一个孩子，考古队员也认为他还是一个孩子——一个孩子的想法通常是很幼稚的。

郭汉中团队工作场景

上学的枯燥乏味、作业的繁重和生活的饥肠辘辘，迫使郭汉中幼小的心灵种下了弃学当临工的想法。他有意靠近考古队员，听他们讲考古故事。

考古队员说，早在 1970 年冬天，真武村村民配合广汉县开展“改渠、治河、灭螺大会战”时，在月亮湾台地冷家院子侧的倒流堰水沟弯道上“截弯取直”，新挖一段水沟时，发现了不少青铜器，被村人作为废铜交中兴公社——南兴镇供销社废品收购站，有的则转卖给成都乐器厂，换成锣鼓等乐器给宣传队使用。其中有一件青铜铃，被挖沟村民拾得，后来作为废铜交给了收购站。当时有人于 1976 年 11 月 3 日到中兴公社废品收购站拣选文物中，发现了这一件残铜铃，看上去铜铃的形制十分古朴，当即按收购价款买下来，收回交文化馆保存。

郭汉中缠着讲故事的人，想知道铜铃是什么样子。

终于在一个午后，郭汉中看见了铜铃，当时他并不觉得铜铃有多好看。锈迹斑斑的铜铃为直筒形铃腔，横断面呈柄圆形，高 10.2 厘米，其下为直敞口，下口纵径 14.2 厘米、横径 11.5 厘米、腔壁厚 0.4 厘米，上部平顶呈楠圆形，顶上中部有长 3 厘米、高 0.7 厘米的纵向条形钮，钮两侧各有 1 厘米见方的穿孔，腔壁外表两面各有一扁梯形凸线方框纹饰，纹饰间一侧有似翼的棱脊，棱脊长 7 厘米、宽 1.52 厘米、厚 0.5 厘米，腔壁一面下部已残缺。

肉眼看这个铜铃，实在是看不出有什么稀奇的地方。

考古队员们在议论铜铃的年代时，首先讲到了青铜器是中国古代文明的重要载体——它不仅记录了古代人们的生产、生活和文化，更展现了那个时代人们的艺术水平和审美追求；更主要的是，可以在青铜器上看到中国古代人们的生产技术、生活方式、礼仪习惯等方面的影响和变迁，发现铜铃的年代，有助于现代人更加深入地了解中国古代社会的样貌。

郭汉中为了报答这些考古队员给他带来的认知，有时候会跑到鸭子河钓鱼回报考古队员们。那时的鸭子河水比现在大多了，夏天河面上会飞来许多蜻蜓，有单只的，也有弯曲着身体两两叠加在一起的，夕阳西下时，它们就歇在了河岸的草尖上。郭汉中看着蜻蜓，有些时候会走神，脑海中不时会想到考古队员说起那些出土的青铜器物：“它是中国古代工艺美术的代表之一，青铜器制作精细，造型优美，装饰繁复，既具有实用价值，又具有艺术价值。它不仅展现了古代人们对美的追求和对工艺美术的独特见解，又有着无法复制的重要的美学价值。而且，青铜器是中国古代宗教信仰的体现。青铜器作为古代人们祭祀神灵的重要器具，上面的纹饰和图案往往与宗教信仰有关。出土的青铜器上的龙、凤、狮等动物形象和神祇图案，寓意着古代人们对天地万物的崇拜和对自然神灵的信仰。”

面对傍水而生的植物、天空的飞鸟、太阳的光芒，时间悄然走过。

郭汉中和修复文物的老师们之间悄然出现了一种契合。他知道了挖掘出土地下文物，研究青铜器，是为了更好地了解古代中国宗教文化的发展和演变，是为了弄明白现代人无法明白的从前。青铜器作为中国古代文明的代表之一，其文化价值不仅在于其历史意义和技术成就，更在于其对中国传统文化的贡献。例如，青铜器上的文字和图案，往往与中国传统文化有关，如《尚书》中的“仁政”“德下篇治”等概念，就在青铜器上有所体现。这些青铜器上的文字和图案，不仅是中国古代文化的重要遗产，更是中国传统文化的重要组成部分。总之，青铜器作为中国古代文明的代表之一，其对中国文化的价值不仅在于其历史意义和技术成就，更在于其对中国传统文化的贡献和现代社会中的文化价值。

大地上走过多少人潮，但是，所有这一切都没有惊醒它们，它们守护着自己的秘密不给人们多余的想象。

郭汉中突然发现他非常善于做这样的想象，一想到地下的宝贝，思维就变得异常活跃，各种美好的图景也纷至沓来，同时心里也产生了一种暖融融的感觉，充满了自信和力量。当面对那些宝贝时又开始明白自己的天地狭小，眼界不开阔，胸膛里越发涌动着去闯荡一番的热血，情不自禁地跟着这些懂学问的考古队员，聚精会神地听和看，生怕落下了什么，觉得信心和希望或许就在他们身上储藏着。

第四章 初心如磐向未来

对世界新鲜的认知使一个初出茅庐、不谙世事的少年产生了极大的向往。

1984 年，16 岁的郭汉中决定不上高中了，他想去考古工地当临工。其实在郭汉中上初中之后，家里的生活就捉襟见肘了。对于大多数农村家庭，吃喝虽然能混个温饱，但是钱不趁手，每每新学期开学，父母愁苦的面容让郭汉中至今记忆深刻。郭家没有其他挣钱来路，只能依靠父亲那点工资养活三兄弟。郭汉中萌发了辍学打工的念头，对一个土里刨食的农民儿子来讲，打工的活儿对技术要求并不太高，基本上都是甩膀子卖力气的工种。当然辛苦是必然的。打工赚钱，是穷困潦倒的农民家庭最后的希望。

当时“考古队”雇临工的工资是一天 1 元 2 角，一个月下来就有 30 多块钱，而“考古队”主要人员的工资一个月也才 52 元 5 角。当地农民管考古队的人叫“挖宝队”，天天来看“挖宝队”有什么收获，结果失望地看到挖出来的全是些碎石烂瓦，还和烧砖窑的农民抢土，就劝他们不要再挖了，再挖要赔本的。三星堆“挖宝队”人员依旧夜以继日地挖掘，临工工资不但没有减还涨到了一天 2 元。这很叫人眼红。

伴随着 1986 年 7 月 18 日“挖宝队”发现了 1 号和 2 号祭祀坑，结果不仅是出土了很多惊世文物，更重要的是培养了一批农村临工，三星堆发掘就如同一个最好的练兵场，从这里走出去的人，后来都是考古界的顶梁柱了。郭汉中对“挖宝队”的人是很感恩。因为想赚“挖宝队”的钱，结果从此改变了他的命运，让他能够遨游在知识的海洋里。当然，这都是后话了。

真武村的人对三星堆探出了宝贝并不感到奇怪，因为传说一再添油加醋地存在。只是 1980 年四川省考古队进驻的时候，人们才意识到了看似庄稼地的下面居然埋着宝贝。那时的三星堆说是三星堆，其实只有两个半堆子，到1986年则只剩半个堆子了，高高耸立着。

那两个土堆子去哪里了？被当地农民烧砖取土用了，农民把这种土叫作“神仙土”。从陡坎最低处开挖，像挖地道一样掘进，进到一定深度后，从顶上插入一根钢钎，用力一撬，大块的土就会坍塌，一天下来可以挖两立方米左右。

附近村庄的砖厂生意十分红火，砖厂制砖需要大量的土，三星堆堆子便成了取土的好地方。挖来土，脱模，晒干，烧制，就成了盖房子的材料。砖场整日热火朝天，眼看文化层土质被取走，三星堆考古的“挖宝队”对此感到心急火燎的。

要知道，在20世纪80年代的中国农村，盖房是一件重大的事情，没钱是主要原因，那个年代，农民多数住的还是土坯茅草房，屋顶茅草因为雨打风吹经常是一线天，下小雨时屋内不下雨，雨停时屋内又下雨，因此，当年农民能盖起红砖青瓦的房子，在村里会被人高看一等。

20世纪80年代的三星堆遗址什么都不是，不是“省保”，更不是“国保”，连“县保”都不是。那是三星堆最

少年时期的郭汉中（中）学习文物修复技术

困难的时候。当时的考古队领队、三星堆著名的“二陈”之陈显丹只能无奈地感叹。二陈都是考古队领队，当地农民叫陈德安“大陈老师”或“眼镜陈老师”，叫陈显丹“小陈老师”。

农民挖土的速度，远远超过考古队发掘的进度。当时考古人员和砖场工人住在一起，工人们挖土会挖到文化层（古代人类活动留下的痕迹、遗物和有机物形成的堆积层），挖出很多陶片。烧砖要把土里的杂质挑出来，陶片、石头被垒成了堆——这些都是考古人员想得到的宝贝！

考古工地工作繁多，急需人手协助。父亲和母亲对郭汉中弃学的事情不怎么反对。那时的农村人没有多少远见，能够考上大学的人是很稀有的，自己的孩子不是那块料，大人不想也不敢拿穷日子去赌未来。

未来对一个成长中的孩子来讲太遥远了。

幸运的是，郭汉中在考古现场遇见了生命中的贵人——陈德安、陈显丹和杨晓邬等几位老师。几位老师对郭汉中的印象都很好，认为他不像其他干活的临工那

青年时期的郭汉中（左）参与修复三星堆文物

样——贪玩，毛手毛脚，对一件事不够专心。

“清理和转运文物是一项非常细致且耗时很长的工程，做起来慎之又慎！慎之又慎！”

这句话像钉子一样钉在了郭汉中的脑海里。不知是印象太深刻的缘故，还是意念的自然联想，这句话后来也成了郭汉中的“口头禅”。

当年的考古工作环境是在露天，头顶搭上塑料棚布主要是为了保护文物，避免出土文物因为被阳光暴晒而损坏。广汉平原的夏天天气闷热得很，经常打雷，雨又一直下不来，考古人员每天望着天空的云朵提心吊胆。

一些考古人员因为连续吃泡菜辣椒配白米饭，又熬夜，常常闹肚子，体质看上去很虚弱。而一些文物在最后清理阶段，又需要体重最轻、只有60斤左右的人下坑，只为不踩坏文物。身体虽然因为闹肚子看上去很瘦，但又没有瘦到60斤，考古人员希望继续闹肚子变得更瘦一些。当最瘦的那个人从祭祀坑中像“接生婆”一样把文物抱出坑时，整个发掘现场就像一所三甲医院的妇产科，“母”（坑本体）和“子”（器物和遗迹）都需要“慎之又慎！慎之又慎”地被对待。

陈德安等老师们对小青年郭汉中的印象很好，觉得他是一个做事专注、沉稳、细心的孩子，有很多想法，甚至常常会质疑一些事情的合理存在，也喜欢表达自己的一些想法，虽然对历史的枯荣无力裁断，但这个孩子爱琢磨一些事情，还能自己制作一些挖掘工具帮助考古队，这都是对考古人员来说难能可贵的品行。

第五章 留住时光的步履

1986年7月，四川广汉平原炎热异常，没有一丝风，人坐着不动都会流汗。在这种天气下，乡镇企业南兴乡一砖厂仍然在日日取土作业。在考古队打临工的郭汉中和伙伴们一头扎进了挖掘工地，一连几个月，目睹了考古队的辛苦作业，在那段时间里，他几乎和考古队人员一样，一天睡不上几个小时的觉。时值仲夏，为了和砖场挖土工人抢时间，考古队员冒着酷暑和乡间蚊虫的叮咬，夜以继日地加班工作。除去短暂的吃饭时间，生活的全部内容就是期待着能够早日挖掘出大宝贝以阻止砖场继续挖土。

没有什么能够挽留住时光的步履，日复一日的挖掘，蒙昧青春期的脑袋常常空洞而茫然。在晴好的天气，面对枯燥无味的日子，很多年轻人看见了一条通往城市的道路。20世纪80年代，一些跟着打临工学考古的小伙伴受不了这份枯燥寂寞又毫无起色的工作，纷纷在亲戚朋友的引导下离开考古队前往城里打临工。虽然考古队中的“二陈”陈德安和陈显丹极力劝阻，甚至利用闲余时间为大家讲考古知识，但枯燥无味的考古生活还是挽留不住年轻人心中的躁动。有伙伴劝说郭汉中跟他们一起离开，考古队这么多年都没有挖出什么宝贝，留在考古队里无疑是浪费青春。

考古人员那几年虽然发掘了16个地层，也证明了三星堆遗址从距今5000年到2600年的历史是连续不断的，似乎古蜀王国的发展轮廓，正在呼之欲出，但又似乎在和人们躲猫猫让你永远也发现不了。

郭汉中的心在某一瞬间也曾经动摇了一下，但在哥哥被征兵走后，他成了家中的主要劳动力，考古队一天2元的工资也是一个诱惑，去哪里能拿到和考古队正式工不相上下的工资？权衡再三，生存的压力深深地把他铆在了三星堆。

谁也没想到的是，一个大的惊喜在等着他们。

1986 年 7 月 18 日下午，考古队正在驻地整理资料，突然砖场的一个农民跑来通知说，在土坎下 15 米左右“掏出了玉器”，现场的人都在哄抢。考古队的人员立即放下手中的活儿赶往现场。他们的驻地离现场也就 100 米左右，不到两分钟的时间就到了。当时担任三星堆工作站站长的陈德安以及副站长陈显丹等立即带考古队员去了现场，并要求砖瓦厂工人马上停工。

可谁会在利益面前停下已经伸出的手呢？散乱的脚步走在文化层上，考古人员听到脚步踩在陶片上发出破碎的声音，心都在滴血。

考古人员大声喊着并拦挡着哄抢，同时派人前往县城报告广汉县政府。在这些文化层中，考古人员发现了其他物质的混合与凝聚，似乎有暴烈的烧灼痕迹，火烧产生了化学反应，伴随着岁月让他们看到了至今不好得出定论的物质，尽管烧灼已经让地层变成了另一种物质，但它们的出现还是证明着自己，也证明着历史。

当时前往广汉县城的道路是泥泞的碎石路，报信人连夜骑自行车前往县城，天空的月亮时隐时现，他不慎摔了一跤，把门牙都摔落了。报信人顾不得疼痛，扔掉门牙一路费力骑行，在当天凌晨赶到广汉县委县政府汇报了三星堆的考古发现。在接到这一重要报告后，县委县政府立即派出了人员到现场维持秩序。

清理工作在继续，发现的文物也越来越多。1986 年 7 月 30 日凌晨 2 点多，当陈显丹在 1 号坑的西北壁的中部用竹签和毛刷清理时，突然一点黄色的物体从黑色灰渣中露了出来，他发现它是黄金制品，于是继续清理下去，发现上面刻有鱼纹，再继续清理，发现上面还有其他的纹饰，而且弯弯曲曲越来越长。这件文物的出现震惊了在场的考古人员。考古人员在清理中慢慢看清了表面图像，由四个箭穿鸟、鱼图案和三个着冠、纵目、阔嘴、立耳的头像组成，两组图案之间用平行线纹分隔。一开始大家以为这是古蜀王的一条金腰带，但是完整发掘出来后，发现它不是。金皮内有木杖已经炭化，只留有些许木渣。它或许表明了神权（王权）的不可侵犯，或许是祭祀时的一种特殊的祭司权杖。

郭汉中听考古人员议论：鱼鸟图案可能与传说中的鱼凫、杜宇有关。他的脑海对此一片空白，这些未知的知识触痛了他——他渴求知识，渴求对文明的认知。

陈显丹看着黄金制品和周围的人们说：“中空，推测原

三星堆博物馆展品

先包裹于木质棍形器外表，也许代表了至高无上的神权或王权，是独有的以黄金器和权杖相结合表示最高统治权力的实物。”

陈德安则是满脸惊讶的表情——三星堆遗址位于神奇的北纬 30 度区域，这一区域主要指北纬 30 度上下波动五度左右所覆盖的范围，这条纬线附近，有百慕大三角、埃及金字塔、珠穆朗玛峰、玛雅文明、古巴比伦等，这区域被人们称为“地球的脐带”。难道这是古蜀文明对权力象征独特的表达方式？假如这种独特性正是古蜀文明的魅力所在，那出土的金杖不仅是中原文明的一部分，更是在长江流域独有的文化传承上形成了自己的特色。古蜀国在权力象征上采用了金杖，这与中原地区以九鼎为权力象征又有所不同。这种权杖图案包含了鸟和鱼等元素，似乎见证了古蜀人的历史与文化。

遥想远古，成都平原虽山林泽鱼，园囿瓜果，四节代熟，靡不有焉。但风道北来，天乃大水泉，水患频发。鱼凫王带领他的子民们，也用同样的方式沟通天地，他们朝拜太阳神，用青铜、黄金、玉石、象牙、神鸟等器物祭拜并祈福，祈愿风调雨顺。

陈德安和陈显丹商量之后决定现场暂时停止发掘，并召开了紧急会议。

还是孩子的郭汉中参加了这次会议。

会议决定：

一、目前参加发掘的所有农民工不得离开此地；

二、由四川大学一名学生骑自行车到广汉县城将这一重大发现报告给县委县政府，同时请他们派保卫人员到现场保护文物的安全；

三、由陈德安返回成都，把这一重要发现向单位负责人汇报，陈显丹留守发掘现场继续做发掘清理工作。

当众人还没有从巨大的惊喜中回过神来时，1986 年 8 月 14 日上午，砖场工人的一锄头又挖出一个更大的惊喜。青铜人头像在天光下出现了。夏季闷热，24 小时发掘，工作人员不离开现场，当时用竹子和麦草在现场搭了一个棚子供工作人员放置物品或小憩，另外又盖了一个与“坑”大小相同的棚。这个棚子是活动的，在太阳太烈时和下雨时，可以用它来遮阳避雨，需要照相绘图时可以把它整体抬开，到了晚上它还是考古人员夜间工作灯光的唯一支架。

因为当时发掘也是比较仓促的，很多新信息没能提取完整，包括三星堆周边的地理环境、文化关系，以及坑与坑之间的关系等。这些都对后来三星堆遗址和文化的研究造成了一定制约。

几日之后，这条“金腰带”现出全貌，它确实是一根象征古蜀王王权的“金杖”。而这根金权杖的表皮的每一处厚度基本上都一样，平均下来只有 0.2 毫米那么薄。试想一下当时的科技该有多么先进。

这真是一个振奋人心的消息。考古人员又对旁边的田地搜索一番，找到了一些玉石碎片。经过拼对，原来是玉璋、玉戈等一些古代的礼器。这就有了三星堆历史上最大规模的发掘，发掘区分为三个，一个学生一个探方，再配4个临工。郭汉中参与了这次发掘。

“整个过程如果运气不好，就会和那个祭祀坑失之交臂了。从旁边走过，不被发现。”郭汉中在回忆当初的情景时说道。

1986年，考古队对三星堆1号、2号祭祀坑进行了系统性发掘。两个祭祀坑的坑室走向一致，均为东北和西南方向。坑口呈长方形，口大底小，坑壁整齐，经填土夯打而成。而令人诧异的是，坑内器物中有多数在埋葬以前就已经过明显的焚烧和破坏。烧焦、残损的碎片，散落在坑中，比比皆是。

郭汉中记得，当时1号、2号祭祀坑的发现让考古队的几位老师很兴奋，他们一边赶时间对1号和2号祭祀坑出土文物发掘，一边开始起草文件，申请将三星堆列为国保单位，尽快让周边的砖场停止挖掘。当时陈德安和广汉文教局的一位副局长马不停蹄地带着四川省文化厅和省政府的文件，到国家文物局汇报三星堆1号、2号祭祀坑的发现。

那一段时间考古队和周边村庄里的人们全部处于兴奋状态，神秘的气氛弥漫了三星堆的上空，考古人员停留在一种原始的唯美意向之中。因为，在三星堆祭祀坑被发现之前，四川考古的重点是晚期巴蜀文化，即春秋战国时期。三星堆的考古发现将古蜀历史向前推到了距今四五千年前。

古蜀国是什么时候出现的、怎么消失的，在三星堆1号、2号祭祀坑现世之后，成为大家好奇的话题。而陈德安最大的期待就是能用科学解释清楚这些疑问。

陈德安还提出了，三星堆祭祀坑除了“宗庙废弃产生祭祀坑”这种可能，是不是还有直接祭祀后埋在这里的可能？

在出土的青铜器中，考古人员发现它们基本上都是异于中原文明的器物，换句话来说，就是文化风格与中原文明的文化风格不同。在青铜器的类别中，有的青铜人扎着辫子，有的青铜人鼻梁显得很高，眼窝下陷，造型奇特。在祭祀坑道中还挖出了青铜碎片，经过相关技术的验证，这些碎片并不是因为长时间受到地下不同环境的影响而破碎的，而是在下葬之前就被敲碎了。

经过一段时间的整理，1号祭祀坑共发现器物567件，其中包括：青铜制品178件，黄金制品4件，玉器129件，石器70件，象牙13根，海贝124枚，雕云雷纹骨器10件，完整陶器39件，以及3立方米左右的烧骨碎渣，比如青铜戈、青铜矛以及青铜尊。

2号祭祀坑共发现各类遗物以及残片6095件。其中包括：青铜制品736件，黄金制品61件，玉器486件，石器15件，绿松石3件，象牙67件，象牙珠120件，象牙器4件，海贝4600枚。

三星堆博物馆展品

1号、2号祭祀坑除了有部分中原地区夏商时期较为常见的玉石器、青铜容器以及巴蜀文化遗址陶器造型，还有诸如金面罩、金杖、青铜眼形器、青铜神树群、青铜太阳形器、青铜人像，都是国内从未发现过的器物。不仅种类繁多，数量庞大，其文化面貌十分复杂，奇诡而神秘。

创造，在无边的想象中显示了文明的存在，一个千古悬念。如果说一个人一定要在一个年龄段塑造一个理想的话，郭汉中认为，他的理想就诞生在此刻。

那些出土的青铜器人物头像，像是一个又一个陌生人，来到郭汉中的生活中，脸型、眼睛、耳朵和线一样的嘴巴。神秘奇谲而令人惊叹的三星堆文明，其主人是谁？铸造技术如此高超的青铜文明又来自哪里？那件有“千里眼”“顺风耳”之称的青铜面具，不仅承载了三星堆文化辉煌的青铜文明，而且揭示了其与中原夏商文明的内在关联。它面带神秘微笑的面孔上，为何有两只柱状的、向外突出的眼球？

陈显丹跟学生们讲——这件奇怪的青铜面具，让人们猛然会意识到：三星堆不是没有记载，而是以往的历史学家们往往没有把那些记载作为正史，而只是当作了志怪传说。比如，东晋史学家常璩所著的《华阳国志·蜀志》，其中就记载：“有蜀侯蚕丛，其目纵，始称王。”这件青铜大面具，不就是“纵目”之像吗？三星堆的发现，应该让我们重新审视那些记录在文献中的传说故事。三星堆文化的主人，就是以蚕丛为代表的古蜀国吗？而“古蜀国”从何而来？究竟存在了多久？它与中原王朝是什么关系？

从三星堆遗址的考古年代来看，可以划分为四期：

三星堆一期文化，距今4800—4000年，属宝墩文化范畴，为本地文化类型；

三星堆二期文化，距今4000—3600年，大致与夏朝年代相始终，有明显的外来文化因素传入，包含了二里头文化因素，如陶盉、高柄豆以及铜牌饰等；

三星堆三期文化，距今3600—3200年，对应于中原的商朝时期，开始大量出现青铜器，明显受商代青铜器制作技艺的影响；

三星堆四期文化，距今3200—2600年，属十二桥文化，与金沙文化存在的时间及文化特征类似。

混在考古学生中的郭汉中听得津津有味。从考古的角度郭汉中知道了，考古学传入中国已有百年，百年考古已经证明中华文明有着五千多年不断裂的历史。进入了考古界，自己不仅要学会考古，还要学会修复文物，特别是大量出土的青铜器亟待修复。

第六章 古蜀风华需要接续传承

1988年1月，国务院批复下来，三星堆被列为国家重点文物保护单位。

这一纸决定意味着三星堆考古拿到了尚方宝剑。砖场不能再在三星堆挖土烧砖了。哄抢的文物必须上交，更主要的是可以在此建立三星堆遗址文物保护工作站了。

郭汉中说："我进入考古界是从发掘三星堆1号、2号祭祀坑开始的，起点比一般人都高，因此也比一般人进步快，其中最主要的原因是我遇见的老师都是全国有名的个顶个的顶尖教授。”学考古和修复文物，郭汉中是从三星堆开始的。文物修复是一门需要恒心、耐心与细心的工作。它远离世俗的喧嚣、追求物我合一的境界，竭尽所能地用自己的“补天之手”使一件件文物恢复往日的生机。因为三星堆，郭汉中有了自己的理想。

记得当时陈德安问郭汉中什么叫考古，郭汉中一时答不上来，陈德安讲：考古出土的器物是翻阅不能开口说话的“无字天书”，一个真正的考古学者肩负着透物见人、重建古史的艰巨任务。考古，就是通过田野考古调查或发掘获取实物资料，来研究古代社会，复原人类历史。有些考古遗址分布在偏远山区，条件比较艰苦，这样的工作性质决定了只有少数人愿意去搞考古。考古，首先要吃得苦，经得“烤”。

考古发掘经常需要用手铲去一层一层地刮面，观察带着湿气的土质土色差异，以判断遗迹现象的范围、开口层位、叠压打破关系等，并由此决定发掘的先后顺序。炎热的天气把三星堆遗址土层晒得又干又硬，非常不利于考古队员判断遗迹现象。考古队员只好一遍一遍洒水，而洒水必须均匀，多了容易成泥糊，少了容易造成土色斑驳，更不利于判断迹象。高温天气洒水后要马上刮面，不然会出现一层还没刮完水就干了的情况。刮面、判断遗迹现象、清理揭露、拍照、测绘、提取文物、写记录……这些是田野考古每天的主要工作内容。遇到复杂遗迹现象或重要文物提取，则需要花费大量的时间和精力，考古队员经常顶着大太阳一蹲就是几十分钟，汗珠不断从脸上沁出。

郭汉中对陈德安说，自己不怕苦，也经得烤。他甚至想要学习修复青铜器。

陈德安对这个有想法、做事心细的小青年充满了好感，当即说："当然吃得苦之外，还需要有扎实的技术。能给三星堆考古注入朝气的年轻人，我是双手欢迎的。"

郭汉中有些沮丧地说："我没有文化，知识欠缺。"

陈德安温和地说："从有文化和有手艺的老师那里去偷艺，遇见他们，你等于是走上了一条捷径。"

于郭汉中而言，遇见陈德安等老师是人生一场"幸福温暖和百感交集的旅程"，他和众位老师的遇见皆是因为三星堆。三星堆是他人生起步的福星。一个人的天赋异禀也许很重要，但郭汉中的遇见恩师和后来的成功存在惊人而内在的一致。由此，我们看到了一个更为丰富和丰满的郭汉中，看到他的遇见、向往，看到他的执着，看到他的纠结与挣扎，看到他的机智和努力突破。

郭汉中在进行玉器修复

郭汉中跟我说，他跟随的老师太多了，前前后后跟十几位老师学习。学习雕塑跟着的老师有赵树桐，那是一位雕塑大家。在苏东坡的家乡四川眉山，有两座雕像是眉山的城市地标——雕像广场的三苏父子和三苏祠内的东坡盘陀像，而这两座雕塑，都出自赵树桐之手。

如果说郭汉中后来修复三星堆青铜器是“卷起千堆雪”的壮丽，那背后的他遇见的众位老师无疑是他历经岁月沁人心脾的生命之水的补充。那温暖而醇厚、现实与真实的生命之水，波澜不惊，汪洋恣肆了他的人生。

从前的文物考古是师承制，或许是考古行业人才缺乏的缘故，考古界急于培养一批考古和修复文物队员。当陈显丹知道了郭汉中的追求后，不厌其烦绘声绘色地讲文化层中出土文物的经历，希望以这种形式潜移默化地给予年轻人对文物的爱好和认知。

郭汉中叙述他的老师们时，对“二陈”充满了感恩之情。陈德安、陈显丹是同班同学，都是从四川大学考古专业毕业的。川大考古专业实力雄厚，名师云集，如林向、童恩正、马继贤等。一切都源于三星堆，当年三星堆周边试掘面发掘出了不少陶片和石器，专家们认为有必要进一步发掘，于是专门组织了一支发掘队，由王有鹏负责，陈德安和陈显丹都参加。如果不是因为三星堆，郭汉中也许就远走他乡去建筑工地当小工了。

郭汉中 12 岁时，三星堆发掘开始。当时共布了 6 个探方，二陈各负责其中两个。前几年挖出来的全是些碎石烂瓦，老百姓劝他们不要再挖了，再挖要赔本的，但他们依然年年挖下去。后来通过航拍和野外绘图工作结束后，面临着对考古中发现的房屋基址、墓葬是否保护的问题。领导广泛征求意见，有前辈专家提出，遗址的时间不会早于春秋，没必要过度保护，当时广汉县分管领导也提出“农民要吃饭”。

郭汉中14岁时，月亮湾考古报告完成。陈显丹撰写遗迹部分，陈德安撰写器物部分，王有鹏负责统稿。该报告写到，遗址已具备夏鼐所说命名一种新考古文化所具备的几个条件，“如果不敢给它以应有的新名称命名，那就未免太保守了”，因此建议将这种古文化命名为“三星堆文化”。

郭汉中16岁时，时间进入1984年，这一年他成为三星堆考古队临工。这一年，在成都召开的第一次“全国考古发掘工作会议”被认为是标志着中国考古学黄金时代的到来。在会上，陈显丹专题汇报了近年来的三星堆发掘工作，中国考古学会理事长苏秉琦认为它“成系统，有特征”，说这才是巴蜀文化，应把它作为学科生长点。

当时大家过于关注三星堆祭祀坑的视觉冲击力和轰动效应了。实际上三星堆的发掘，地层是最主要的，能确定年代分期。什么叫三星堆文化？“祭祀坑”不等于就是三星堆文化，它只是三星堆文化的一个分支。三星堆文化的本质，是长江上游的一个文明之光。这是与夏商周文明并行的另一种文明，既紧密联系，而又各不相同。“祭祀坑”就像藤蔓上结的瓜，没有藤哪有瓜？田野考古最好采用“墨渍战术”。如同在一盆水里滴一滴墨汁，墨汁就晕开了。学术也是这样，一点点研究它，慢慢地就通了。

最早从三星堆遗址发掘的陶器，那么厚的壁，说明很可能是用于冶炼的坩埚，但因为全是灰尘，先要对它进行清理，结果一洗全洗掉了，它就成了一个普通陶器。

到后来1号、2号坑出土，世界被惊醒了，才知道这个遗址价值是非常大的，接下来会发现什么谁都不可预知，那时郭汉中还是学徒，对青铜器摸得比较少，刚出来

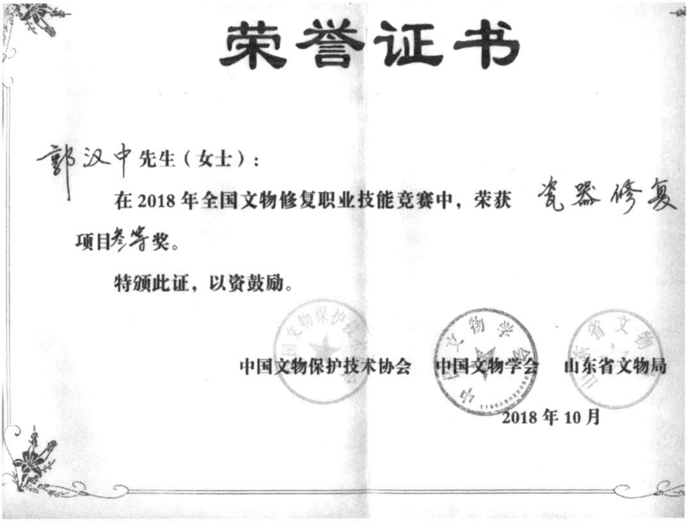

荣誉证书

郭汉中先生（女士）：

在2018年全国文物修复职业技能竞赛中，荣获瓷器修复项目叁等奖。

特颁此证，以资鼓励。

中国文物保护技术协会　中国文物学会　山东省文物局

2018年10月

2018年10月，郭汉中在全国文物修复职业技能竞赛中荣获瓷器修复项目三等奖

一点边缘，不敢确定是什么。陈德安和陈显丹是考古界高手，他们二人能在露出来的一块 6 到 7 厘米长的铜器口沿儿，确定那一定是“大口尊”。

二陈喜欢用手去感受考古标本，对各个时期青铜器的不同风格比较熟，对中原和其他地方的大口尊也有研究。

郭汉中 18 岁时，也就是 1986 年，三星堆出土的所有青铜器，他跟着二陈基本每件都摸过几十遍了，每个部位都记得清清楚楚。二陈还讲到了每一类器物都有自己的演变轨迹，考古类型学就是抓住器物的演变规律，找出它在年代序列中处于哪个阶段。要有扎实的地层学、类型学基本功，才能做好考古断代分期。

带郭汉中走上考古修复文物这条路的启蒙老师太多了，凡是来过三星堆的人都用心教过他，包括蔡长信、胡家喜、毛朝群等，他受到十几位不同行业的老师的点拨，其中任义伯的雕塑作品则激发了郭汉中对体积和空间的表达欲望，对造型及精准把握抱有一份直觉与激情。

人生抵达未来之路跌宕起伏充满悬念，像所有的年轻人都渴望远走他乡，年轻人又难免伴随着懵懂与困惑。

郭汉中回忆说，当时发现 1 号、2 号坑出土文物时，自己生出的那种震惊，是不断地带来未知的震惊。

第七章 光阴中的剥茧抽丝

地层出土环境的不可控是一个难题。

1986 年夏天，天气闷热得很，经常打雷，雨又一直下不来，考古队面对发现的宝贝一方面感到惊喜，另一方面又每天提心吊胆——一旦下雨，田里的水翻起来，会破坏文物；但光打雷不下雨，土质干硬，也很难控制。

抢救性发掘留下了一些遗憾。

考古队和郭汉中一起想各种“土办法”，只为一个目的：快速完成发掘工作。虽然当时三星堆考古报告出了，但还有很多工作要接着做，包括对出土器物进行再检测，继续完成修复难度较大的文物，而且要结合每一次新发掘来做。

四川每年有上万件出土文物需要修复，但专门从事文物修复的专业技术人员不足20人，整个四川省能担纲文物修复的专业人员也不超过40人。在“主力部队”四川省文物考古研究院，2000年前修复青铜器的也只有杨晓邬一人。

人手不够，大多数破损文物只能在库房里静静等待。面对文物修复人才亟缺这个问题，杨晓邬很是忧心。他认为，文物修复涵盖多学科，专业技术性很强，举办的短期培训班只能使学员了解和掌握文物修复技术中的皮毛，大专院校培养的相关专业的学生则缺少接触文物标本的机会。通过这两种途径培养文物修复技术人才，都很难取得理想的效果。

正因如此，杨晓邬心里生出一个大胆的想法，他没办法解释接下来的行为是对还是错，但是他想去实现这个想法。他找到院领导说出了自己的想法，那就是采取改革、创新的办法，在四川省考古研究院从社会上招学徒，由杨晓邬执教，这样既避免了只了解皮毛，也解决了缺少文物接触的问题。他还想在国内文博界首推新的文物修复技术师承制，以师承制的方式招收徒弟。有了这一想法以后，很快他就开始物色人员，因为干这行整天要接触灰尘和有害的化学药品，而且文物修复是一份脏累而枯燥的工作，所以学习青铜器修复不仅要吃得下苦，而且还要能静得下心。四川省考古研究院领导也十分开明，在开会协商后同意了杨晓邬的想法。

当杨晓邬在三星堆招收学员时，陈德安推荐了郭汉中。考古队曾经租赁过郭汉中家的房子，放学后总见他守着修复现场看，他母亲喊他几次都不离开。时间久了，郭汉中甚至一眼就能看出地上陶器碎片中哪几件可以拼对出一个完整的罐子。后来郭汉中跟着许多来三星堆的老师学习手艺，估计一点拨就是一个修青铜器的高手。

杨晓邬在考古现场见到了郭汉中，人看上去聪明，干活专注，一双明亮的眼睛下是一脸健康的笑容。盯着郭汉中看了一阵子，杨晓邬随口问道："上千年的青铜器，大部分本身就年老腐朽，体质非常脆弱，加之墓葬窖藏坍塌、地下潮湿等恶劣的埋藏环境，带给青铜器的不仅仅是表面红黄蓝绿黑白灰等颜色的锈，还有腐蚀、变形、残缺甚至'粉身碎骨'。这些病损的文物不仅需要文物修复者耐心细致、小心翼翼予以呵护，更需要精益求精的技艺来修复。作为一个文物修复工匠，首先应该知道要做的提前工作是什么。”

此时的郭汉中已经不是当年考古时陈德安提问“考古是什么”时候的那个他了。那时的他内心羞愧得无法回答。经过几年的锻炼和细心学艺，身后的三星堆是他的起点，也是他的自信。

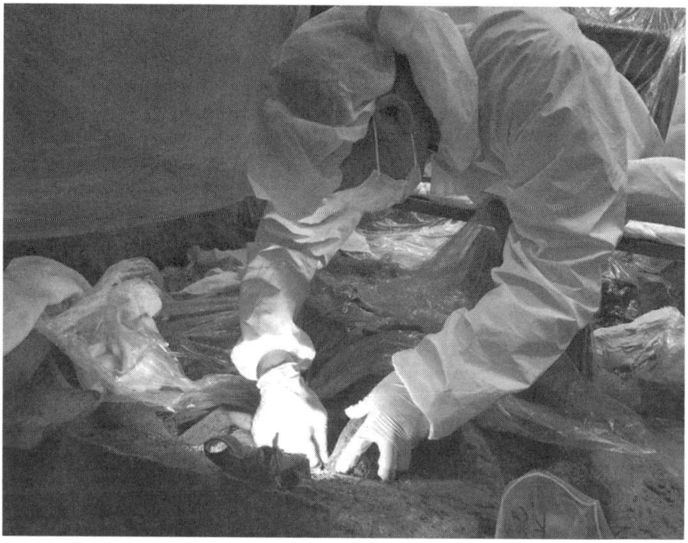

郭汉中在文物发掘现场

郭汉中看着杨晓邬回答道："细心、多看、多总结，平时多练手，遇到难事多准备几套方案，随机应变，克服困难完成任务，难与不难就看钻不钻研。如果不能确定它原来是什么样，一定不要贸然修复。"

杨晓邬满意地点点头，他急需这样的学生。随着三星堆 1 号、2 号坑发掘完成，许多文物亟待修复。这时候遇见这样一个满意的学生，杨晓邬心里既欣喜，又着急，恨不得把所有技术都传授给他。杨晓邬第一次见到如此多的文物，又格外珍贵，自然兴奋；但同时，眼前除了满坑的青铜器之外，还有很多不知名的"东西"。面对如此浩大的工程，不经世事的郭汉中心里没有谱，杨晓邬心里也很是着急。

杨晓邬虽然心里着急，但表面上还是不疾不徐地讲述着青铜器的造型和古蜀人的技艺，这仿佛一下将郭汉中拉回到 3000 多年前古蜀人铸造青铜器的现场。面具、神树、方尊，在一声声打击声中塑造成型，然后被用于祭祀奉献于洞坑之中。又过了 3000 多年，这些文物终于重见天日，被世人目睹。但是，很少有人知道它们的面世经历了多少不为人知的难题。

杨晓邬沿袭了多年前从上海学到的教学方法：重实

践。“没有教案，就是靠在实践中学习积累，先学使用焊接工具、锯子和剪刀，再学锻造和雕刻，然后拼接、黏合……”而这些在杨晓邬招收徒弟之前，郭汉中已经掌握了其中一些技巧。在教学中，杨晓邬还逐步尝试把传统修复工艺与现代修复技术相结合，如在修复三星堆、罗家坝出土的青铜器时，既采用传统的石膏翻模技术，又采用硅橡胶翻模技术。

文物修复的过程可以说是极其繁复的，清洗、除锈、整形、焊接、补配、錾花、做锈，再用化学的方法表现出腐蚀生锈的效果，每一道工序都要好几天的时间，一套流程下来需要几个月的时间。文物修复，修的是文物，更是让文明通过文物这一载体长长久久地绵延下去，使我们的子孙后代也能看到这些历史的一手资料。

那时，师徒二人为了缓解内心的焦虑，郭汉中去鸭子河钓鱼回家烧菜，请师父喝点小酒聊聊天。聊天的内容永远是文物修复。

有一次，杨晓邬告诉郭汉中，文物修复并不是把文物都修复好，保持文物本身的样子，如果需要也会根据本体，复制一个相同大小的以供研究。同时文物修复也是多学科交叉的专业，在修复的过程中，化学、物理、美术知识缺一不可。除了扎实的专业知识，极大的耐心才是修复师们共有的特质。

话匣子慢慢打开，又借着酒劲，师徒二人就聊兴奋了。

郭汉中问：在考古发掘现场，出土文物对保存环境的温度和湿度的变化非常敏感。这是不是说，相对湿度的变化会导致出土文物的结构收缩？

杨晓邬笑着告诉郭汉中：脑子是用来思考的，你这一问就说明你用了脑子。可以这样来分析，举个例子，出土的漆木器，看似外观不错，但表面一定有大量的微裂纹。如果相对湿度有不稳定的变化，很容易导致木基体开裂和漆皮翘曲，从而导致材料间隙中的可溶性盐类结晶、潮解，促进木材纤维素分子结构的断裂。同时，如果温度变化太大，木材会因快速失水干燥而收缩开裂，甚至导致器皿表面的彩画脱落。一旦出土，光和酸雨反应会严重影响见光文物，尤其是紫外线，因其波长短、穿透力强，不仅能促进有机分子的线性饱和键断裂，还能促进文物表面的光化学反应，造成失色。在各种材质的文物中，木质文物受光损害最为明显。在紫外线的作用下，相应的木质纤维素分子会断裂，从而促使木质文物逐渐褪色、变黄。一旦长期处于这种环境中，木质文物难免就会变形、干裂。

郭汉中明白了师父的用意，也用学来的知识应答：师父，是不是正如我们呼吸的空气，通常被认为是无色和清爽的，有些人并不知道空气中常含有各种酸性氧化物，如二氧化硫、氮氧化物等。这些酸性氧化物与空气中的水分结合会产生腐蚀性酸（酸雨），导致出土文物表面腐蚀、风化解体？

杨晓邬赞许地和徒弟碰杯：广汉平原潮湿，雨水多，打开的地表是一堆烂泥，但是，往往那里面藏着看不见的霉菌、微生物和虫害。尽管文物保护工作者逐渐重视霉菌、微生物和虫害的防治，但对考古文物的保存和维护仍然具有一定的影响。实际考古发掘过程中，由于害虫往往不易被发现，容易被忽视。恰恰是因为被忽视，这些有机文物为害虫的生长提供了大量的养分，害虫很容易长期粘在出土文物上把文物当口粮，假如清理不干净，最终会严重破坏文物。

在郭汉中眼里，有杨晓邬在，一切都不会成为难题。他仰慕杨晓邬，这个考古智慧的高人，因为杨晓邬有着一个化学脑壳。

杨晓邬带着郭汉中回到四川省文物考古研究院，师徒俩守着一间二三十平方米的办公室开始一件一件修复青铜器。为了打发枯燥寂寞的时间，杨晓邬给郭汉中讲青铜器修复存在的一些问题。也是从那时候开始，郭汉中知道了从青铜器一问世，就有相应的修复技术工匠出现。近代的修复技术由官坊走向社会，经过长期的实践发展形成了独特的专门技术，那是一套完整的综合技术体系。传统青铜器修复技术主要包括整形、拼接、补配、黏接（焊铸）、加固、做旧等工序，有时还会涉及去锈、烫蜡（表面封护）。就去锈一项，一般用手术刀比较多，主要针对的是较硬的表面硬结物；如果是坚硬的锈蚀，就得上微雕机了；还有一些比较小的锈坑内的粉状锈蚀，得用针一点点抠出来。

杨晓邬问埋头工作的郭汉中："你说，锈是怎么产生的？"

郭汉中下意识回答：青铜器在土里经久埋藏，它的金属成分与土壤、水、空气、微生物等接触后发生一系列的化学反应。

杨晓邬拿过一件青铜人像给郭汉中看，并告诉他，青铜器长期埋藏在地下虽然会与土壤中的水分和微量化学物质、碱式盐等发生缓慢的化学反应，形成"锈"，从一定程度上来看，这些锈蚀"外衣"遮挡了青铜器的原本"肤色"，但这些色彩鲜艳的翠绿色及蓝色锈蚀一般生长在青铜器的外表层，性质较致密稳定，即便是覆盖在器物的纹饰和铭文上，也只是薄薄一层，并不影响器物的艺术价值和研究价值。此外，这些致密稳定的锈蚀并未侵入青铜器基体，不仅不会对青铜器造成损害，还会隔绝出土后器物与空气、水等物质的直接接触，对青铜器起到一定的保护作用。

郭汉中由此知道了，在实际的文物保护中，文物修复专家不会清理那些稳定无害的锈蚀，会尽量减少人为的干扰因素，以达到文物长久保护的目的。有些锈很稳定，比如漂亮的孔雀蓝；当然，大部分的锈是病害，腐蚀青铜器导致铜流失、形成硬结，被文物修复工匠称为“脓包”。附着在青铜器上的还有一种叫“粉状锈”的东西很难解决，一旦解决不好，就会破坏文物。

杨晓邬严肃地说：文物是国宝，具有唯一性，不能毁在我们的手里。

粉状锈是由于环境中的氯离子与铜反应生成了氯化亚铜，进而产生了碱式氯化铜，它是常见的青铜病，也是青铜器的“癌症”。杨晓邬告诉郭汉中：“文物保护修复就像是给文物看病，进行体检诊断（诊病）、治疗病害（治病）和采取措施预防病变（防病），使文物能够延年益寿。一名好的‘文物医生’，既要能灵活使用传统的修复技术，又需要掌握现代化数据分析解读技术，所以你需要学会许多种技术和手艺。”

修复青铜器不仅要除锈，还要作锈。在铜器表面最底层的光滑层，在传统修复技术上习惯称“地子”，在它的上面为锈块。青铜器的表面修饰，首先是从作地子开始，而后一层层往外作锈块。铜器的地子实际上是铜器经过埋藏或受到环境气体侵蚀而形成的紧密地附着在铜质表面的腐蚀膜。青铜器的地子有黑漆古地、绿漆古地、灰漆古地、黄漆古地、枣皮红地、水银浸地、翻铜地等。古代铜器经过使用收藏，有摸有擦，因而铜器的地子、花纹色调柔和。在作地子时，对于新配的补块，要用腐蚀材料腐蚀成旧色，然后用黏合剂及各种矿物颜料涂抹在表面，干后再用粗布擦，使其形成同原件地子一样的颜色及质感。地子如果用瓷漆来作更好，然后再用抹、刷、描、画、拓、喷、点、磨、蹭等办法，使用黏合剂和矿物颜料来作成锈块，直到与原件协调一致为止，至此一件青铜器的修复工作才算完成。

《黄帝内经》里提出了“上医治未病”的观点，即好的大夫是能够预防疾病的人。“要做一名好的‘文物医生’，也要重视文物的预防性保护。”

杨晓邬和徒弟郭汉中接触多了就知道了他的一些往事，有些时候也会调侃徒弟一下：“听说你会编织竹器，但是，青铜器和编织竹器不一样，许多技术在你的心中虽然像竹皮一样绞缠着、闹腾着，找不到头绪，看不清走向，但你要心中有数，一件事搞通了所有事就都有了头绪。”

几个月的文物修复之旅，虽然只有师徒二人，但师徒二人的内心世界是丰盈的，这是一对一教学，师父给徒弟开了小灶。郭汉中是一个悟性极高的人，在修复技术和理解上由此突飞猛进。

人是一个矛盾体，有时候师父杨晓邬又怕郭汉中学会了手艺跳槽到别的地方，也会旁敲侧击地加以告诫：文物修复，光凭一股子热情远远不够，还要有一颗“端正”的心，要尊重历史、修旧如旧，每一步都要认真，不能将就，历史上没这个形状，结果你修成这个形状，这就是篡改历史了，就是犯罪。只要你肯钻研，守着三星堆，那么一辈子就都有饭吃了。

当年杨晓邬的叮嘱，至今仍烙印在郭汉中的脑海中。在杨晓邬手把手的指导下，郭汉中很快上手，不仅学会了修陶器，还学会了修铜器、铁器。

三星堆出土的青铜器和图像上讲器物的分类研究，除了形状的分类，还有纹饰的分类。一些形体与纹饰的变化，表现为不同时代不同纹饰，通过纹饰可以建立起时代标尺，也就是时代编年。有了相对完善的编年体系，等于是建立了年代坐标，新发现的标本便都可以在这个坐标上找到准确的位置，这样就可以确定它的相对年代。一个编年体系处在初建阶段时，不可能有很细致的分类，只有经过不断的充实，这个编年体系逐渐完善，它的坐标作用才能充分发挥出来。

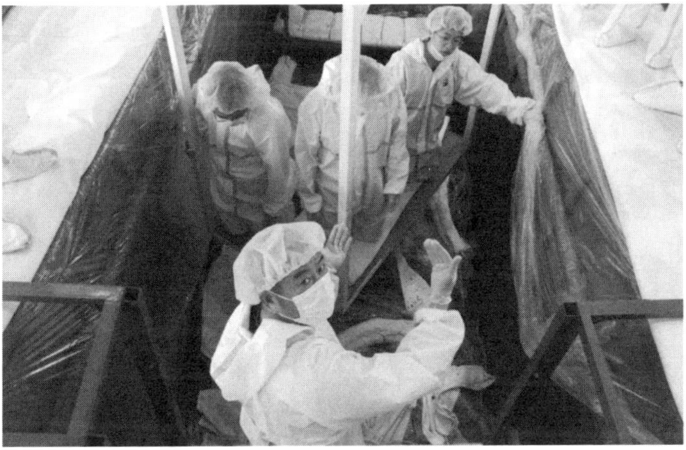

郭汉中正在提取三星堆 3 号祭祀坑象牙

修复一件完整的器物，这件器物上面的图像与纹饰必须修复成如古物一样，不能有纰漏，因为在修复和考证过程中有许多考古学家可以清楚地看到图像与纹饰的变化轨迹，他们需要从器物上慢慢理解一段社会中发生变化的动力。例如，陶器上的一种具象图案向抽象的变化，它会表现出阶段性特征，它还会再向几何形变化，变得面目全非。

郭汉中说：“我们可以用‘得意忘象’来描述一件文物的完成，那正是修复文物创立的艺术原理之一。”

在修复陶器的过程中，郭汉中和青铜器做了一些对比，他开始留意一些彩陶上的飞鸟和鱼纹，先是写实的图像，后来慢慢变作写意的图像，最后完全变为几何图形，这就是经历了“得意忘象”的艺术加工过程。如果没有建立编年体系，我们不可能找得到写实图案与几何形图案之间的意象联系，也就无法理解由彩陶建构的那座史前人类的精神家园。

“躲进小楼成一统。”师徒二人的世界里出现了一个难题，那是修复青铜头像、面具、铜樽和罍之后，也是师徒二人故意放在最后的一个难题。最难的也最具诱惑力。那就是 2 号坑出土的青铜神树了。

在郭汉中的记忆里，室外成堆的碎片满满地铺了一地，除了变形严重的底座，看不出任何树的形态，甚至找不出一根完整的枝丫。最棘手的是这些东西没人见过，也没有任何资料和线索，要把文物恢复到几千年前的原貌，还不能有丝毫的差错，这简直是不可能完成的任务。师徒了解专家们各种各样的推测，迟迟没有动手，一边研究，一边修复其他铜器。“某一天师父跟我说，你要是听了专家的，你就修复不出来了。于是我们就严格按照文物的原始痕迹拼接、预合，像拼图一样把它们拼起来，最终呈现出的形态得到了所有专家的认可。”

神秘消失的繁荣文明，是一个无声的见证。每件文物，从最小的玉雕到最宏伟的青铜雕像，都蕴含着曾经以富饶的岷江沿岸为家的百姓们的信仰、愿望以及日常生活的轨迹。这些文物以其独特的设计和无可挑剔的工艺，提供的不仅仅是视觉享受，更是一种精神享受。它们打开了进入文明灵魂的门户。每件物品，无论是高耸的青铜雕像还是精致的玉雕，都讲述着一个个社会的信仰、愿望、恐惧和成就的故事。

第八章 眼中往深里走的岁月

远古的人类，比现代人有着更多感受自然、遵循自然的敏感。

郭汉中曾在无数个夜晚望着地上那些“零碎”的青铜残片，似乎很难再作复原和进一步研究，脑子一片空白——“不够依据，不敢随便乱动，乱拼接。”地上铺开的散落的青铜碎片，感觉就像一行行文字，记载着悠长的历史，记载着热血沸腾的岁月，记载着中华民族的前世今生。如果说飞禽走兽是森林里的动感节拍，留存至今的这些碎片便是森林里的灵魂所在。

郭汉中蹲在地上，仔细查看碎片的厚薄、碎片表面的纹饰、碎片的弧度、断口等特征，找到碎片与碎片之间的连接关系放在一起，然后确定碎片的拼接顺序。可是地上的青铜碎片，一片片拼合到一起，从而想重新恢复成它原来完整的器型时，师徒二人依然没有找到头绪，根本不知道地上的碎片能组合成什么样子，脑海中往昔的修复记忆和知识感官提供的是一团模糊。

面对冰冷、破损、各种污染物侵蚀的器物，一件文物、一道工序甚至一个动作就要反复做上几个月或更长时间。让几千年前的美重现人世，靠的虽然是文物修复师的一双玲珑补天手，但从考古工地中发掘出来的铜器，装了一筐又一筐，需要把它们拼对成完整的器物，这工作就像大海捞针。这是对眼力和耐力的极大考验——要么找不到匹配的碎片，要么拼了老半天才发现错了，常常忙活几天，也拼不出一件成型的器物。

枯燥无趣的工作，让郭汉中备受煎熬。

杨晓邬发现了郭汉中思想中的摇摆，却不知道该如何安慰这个年轻人。杨晓邬觉得对不住郭汉中，没有文凭和学历，凭实践走出来的孩子，既不能成为文保单位的正式工，也不能给他好的工作环境，文物修复和野外考古不一样，文物修复者每个月微薄的工资很难留得住人才，他的学生中有几位文物修复水平特别高的学生准备上手修铜器时，结果不到半年，有两位学生就因工作太单调枯燥而改行了。

“匠”是传统手工业技能的传承。文物修复涉及多方面，包括雕塑、雕刻、美术、锻造等，师父一辈一辈地传承，把自身所学传递给下一辈的徒弟。可是因为涉及的科目太多，要靠经验和平时的观察，根据古物的遗传去复原它。修复三星堆出土的文物有很多的困难，尤其是有的文物很大，比如说神兽、大面具、大立人，都属于超大青铜文物，这些青铜器在祭祀前就被损坏，又经过千年埋藏，需要慢慢拼对。

师徒二人的合作一开始很愉快，但时间长了，年轻的心开始躁动也是要理解的。其实郭汉中对修复文物的自信心和高昂的激情一半来自高起点，他修复的是举世闻名的三星堆文物，可另一半的不自信恰恰又是因为自己没有学历和文凭，这样干下去也不会有好的结果。

蹲下站起，站起蹲下，在郭汉中有限的注视范围内，只觉得过去的时光，像碎片一样纷纷跌落下来，想着空气对人们呼吸的意义，而空气中的粉尘和尘粒始终呈碱性，成分又非常复杂。沉积在出土文物表面的看不见的微生物，如果这些文物表面不及时清理或密封，势必会给文物表面结构带来腐蚀，严重时，还会导致文物表面脱落、剥落。郭汉中觉得时间静止下来了，这是一种很奇妙的感觉，是一种责任，仿佛天和地都不存在了，他只能听见自己的呼吸。

当黄昏的暮色从窗外洇染进他的脑海，他从晚夕的光线下看到杨晓邬已经在修复台前坐了整整一天。他的面前是一件鎏错金铜器，有七八厘米长，上面锈迹斑斑。错金铜器工艺十分精湛，但条条精美的纹路也增加了除锈的工作量。那一刻，时间不是一分一秒地消失，而是凝固不前，郭汉中的周围被大片的虚幻包围着，一个深不可测的世界，他的眼睛根本无从把握，听不到人声，乡村生活熟悉的人和事应该在百里之外，很长时间他不敢奢望——学会技术，有一天你也可以带徒弟，还有什么可动摇？你修补的是历史，是文明，是影响现代文化和传承人类智慧的经典永流传！

冥冥中一个美好的世界诱惑着郭汉中，在没有完全证明自己真的不可能之前，他不想放弃。

20世纪90年代，郭汉中（左）在修复青铜大立人

郭汉中红着脸和杨晓邬说：“在修复文物时，我思想开小差了。”

杨晓邬诧异地看着眼前的年轻人，在“修复文物”这样一个语义不明的词语背后深藏着更多的内容，尤其不能开小差，自己必须要告诉郭汉中。

那么杨晓邬是如何走上这条路的？而这条路上的荆棘杨晓邬又是如何克服和跨越的？杨晓邬难道长了一个化学

脑壳?

望着满脸疑惑的郭汉中，杨晓邬摸着他的脑壳，告诉他：世上无难事，只怕有心人。

杨晓邬也是被命运牢牢锁在这个位置上的。

杨晓邬一生的时光因文物修复被分为两个阶段。

第一个阶段是在 1974 年之前，他完成学业，被分配到西昌当了七年知青，在上山下乡的热潮中度过了自己的青春时光。人生有限，精力有限，他想着要做很多事情，但其实是做不成多少的。就像是风光无限，能看到的风景都是有限的那一角角。社会变革落在普通人的人生经历中，会让普通人生存的小目标稍多一些，七零八碎，花了不少细碎的功夫却走不上正途。

杨晓邬正是从郭汉中身上看到了自己青年时的影子，他从这个年轻人身上看到了希望，知道反省，这正是一个工匠的觉醒。

于是，在回忆往事中很认真地解嘲了自己一番。他告诉郭汉中，人生有好多无法确定走向的阶段。他的第一个阶段是为稻粱谋，并不属于热爱职业的人，因为当初心生迷惘，不知未来要做什么，以什么为生。

第二个阶段，则是 1974 年后至今。杨晓邬告诉郭汉中，自己不是文博专业的学生，对考古知识知之甚少，当时全四川都没有文物修复的专业人才，正是从美国留学回来的著名考古学家冯汉骥担任四川省博物馆第一任馆长时，寻访民间，终于找到一位铜匠师傅，希望这位铜匠师傅能帮助四川省博物馆修复青铜文物。作为四川省博物馆的年轻力量，杨晓邬开始跟着这位铜匠师傅学习铜器修复。初入道的那会儿，铜匠师傅教他：看器物说话，拿遗迹论事，不得越雷池一步。

也正是在这样的基础上，杨晓邬开始萌发出一些兴趣点，兴趣点又唤起了对历史神秘未知领域的好奇心。这一学便入了门，他开始知道考古是一个方向，但知识和技术欠缺，感到心与力均是不济，所以也就对专业体会不到热爱的感觉。以后再读书，大部分都是围绕这些兴趣点展开，并逐渐形成自己的观点。自己的观点也许还包含着不少需要解决的疑点，那就带着这样的疑点再去读书，去查找相关资料，认识就会逐渐完善起来，就慢慢地找到了人生的目标。

泱泱中华，万古江河，青铜时代是一部中华文化的交流史。读书不仅开阔知识面，也积累知识，只有积累到一定程度，才可能找到更多知识间的连接点，才会有融会贯通的可能，更会知道自己所做的事业是一项伟大的事业，是为国家修文物。“我曾经去上海进修过考古专业，那时候的文物是学员自带的，因为上海博物馆提供不了那么多的实践文物，我带去了用塑料口袋装的汉代铜釜，文物破碎不堪。我在上海主要学习焊铸、着色做旧、纹饰制作等文物修复方法。焊接、粘接、做旧、作色等工艺，跟民间传统的盐酸腐蚀作色法不同，培训班的教授用了现代的化工颜料，通过颜色调配来达到文物红斑、绿锈、蓝绣等作色效果。经过此次培训，我的修复技术大幅提高，也才知道了修复文物正规的做法。半年后，当我拿着修复完整的汉代铜釜回到省博，成为当时四川唯一一个经过正规培训的文物修复工作者。这也为我能够现在主持三星堆的文物修复打下了坚实的基础。”

杨晓邬的一番掏心窝的话，让郭汉中幡然醒悟，特别是“我们是为国家修文物”，这是多么神圣的职业啊！

杨晓邬还让郭汉中在工作之余补充学习，学习美学、色彩、雕塑、建筑等多方面知识。在杨晓邬看来，文物修复是由多门学科组成的复合型学科——“文物不是千篇一律的，它的形态、色彩、风格都需要大量的时间和精力潜心研究，不断地总结，才能让文物活起来。”

杨晓邬告诉郭汉中，以焊铸为例，原本四川铜匠师傅的做法只是将残片放到松香里烤一烤，把残片粘起来就可以了；但在上海，培训班老师第一次教他学习运用环氧树脂进行粘接，这种粘连方式更加结实。在着色做旧方面，老师着色用的是虫胶漆，多种颜色配备齐全，在具体操作教学中，他们选用和文物接近的颜色，通过调和，可以直接涂抹在文物上。文物修复早已不是缺哪儿补哪儿，而是讲究实验室考古。不能简单地认为，传统技艺就能修复文物存在的所有问题，科技手段的应用，新材料的研发，也让文物修复“科学化”起来。

杨晓邬动情地说：我们现在地上摆放着的一堆碎片，是文物出土转移到修复实验室之后的样子，但不是它原来的样子，也许它原来的样子是一件大国重器，也许修复结果会震惊世界。你还记得我们在用纯净水清洗罍、尊这种容器内部时，有时还会发现隐藏在泥土中的其他青铜器吗？这就是修复者进行的“二次考古”，按照文物碎片的造型、质地等进行分类对比与拼接，再进行试验预合，来确认之前的拼接方法是否正确。预合后能直观地看到文物的基本形体，这将会为后续的修复工作提供重要参考。修复历史一定要知难而上，一条道走到黑。三年学徒，五年半足，七年才能成师父。不想成师父的徒弟不是好徒弟。你听了师父的人生，再想想师父的话，一门手艺吃足一辈子饭，有道理没有？

郭汉中羞愧地搓着一双大手，师父的经历就是自己的榜样，护文物之美，行天下之技，他们用双手修复的不仅是时光，更是在补天。

杨晓邬很认真地告诉郭汉中：你这一生将会有很多的

郭汉中正在认真工作

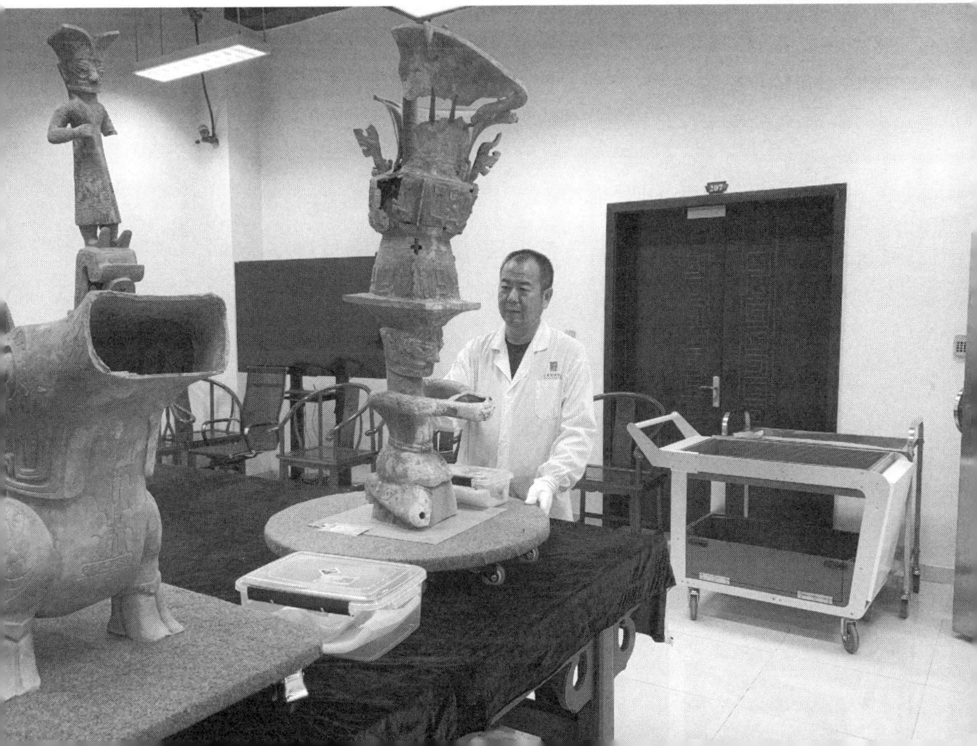

老师，“三人行，必有我师焉”，因为考古专业中涉及的艺术领域太多了，你的起点比我高，你是站在古蜀国的土地上，来此考古的人物都是国内最厉害的文物专家。要爱上考古并不容易。在古今之间，要学习游走。在苦乐之间，要有舍有得。从古到今有多远，或说在笑谈之间，缥缈无痕。从今到古有多远，我们说在朝夕之间，可丈可量。笑谈古今，那是空论，一双玲珑手，古今化作零距离。当我们把修复好的文物呈现在哪里，未知的历史便从哪里呈现。当我们的双手叠合在古人的手温上时，修复历史的人成了历史的探访者。史学家的历史是书写出来的文字，经历了反复整合修饰。考古学家的历史是看得见的实景，经历了反复观察摩挲。修复文物专家可以穿越时空，直接进入历史的层面，看到真实的历史场景。当记忆飘落尘埃，不能看着一切变成空白。修复文物专家的本领是：化腐朽为神奇，迷惘与艰辛就变成了人间彻悟与自豪。

郭汉中明白了“工匠”的“匠”里面是个“斤”字，先是自己要掂量一下自己，再是知道自己有几斤几两。真正的工匠不可以对自己的事业斤斤计较，一条道走到底谁敢说不可以走出大光明！

在听师父讲自己的人生经历时，郭汉中发现地上有一只神鸟的眼睛在盯着他，神鸟身体上灵动的羽毛随时准备展翅翱翔。鸟的栖息地是在植物遍布的森林中，鸟类是大自然的重要组成部分。它们始终依赖茂密的林木、沼泽地和开阔地。各种生态群的鸟类依据各自的生态特点，在树上营造巢窝生育后代。

郭汉中突然记起《山海经》中有很多关于太阳鸟的神话，如《海外东经》说："汤谷上有扶桑，十日所浴，在黑齿北，居水中，有大木，九日居下枝，一日居上枝。"《大荒东经》则说："有谷曰温源谷，汤谷上有扶木，一日方至，一日方出，皆载于乌。"这两处经文，说明东方的汤谷是处于温度很高的水域，并位于深谷之中。这处汤谷上长着巨大参天的"扶木"或叫"扶桑"，神树上住着十个太阳。

地上的碎片和鸟是一种什么关系？难道是"扶桑"和太阳鸟的关系？

第九章 阻挡和切断的力量

锈迹是无法被忽视的，残缺的美也一样。尽管维纳斯是残缺的——断了一只手臂，仍凝聚了人体形象美的魅力。一堆碎片到底是什么形状？

在中国古代广为流传的“羿射九日”的传说中，天上原来有 10 个太阳，羿射下 9 个，那么，这些青铜碎片是否正是《山海经》中记载的“金乌扶桑”——日出日落时太阳栖息的“建木”或“若木”？

《山海经》里记载说在遥远的海外，有一棵上接天空的扶桑神树。神树上住着10只乌鸟，每天有一只负责背着太阳出门，剩下的则在下面的树枝上休息。

到底是什么造型？师徒二人之所以把它排在最后一个来修复，一是想先从修复其他相对容易的文物中积累经验，二是期待着有更多与之相关的碎片和线索出现。

它的碎片发现于三星堆的2号祭祀坑。

郭汉中还记得，那是1986年初，四川大学的林向教授找到赵殿增，想要把考古学生的实习地点安排在三星堆。赵殿增正为人手不足发愁，他和林向有过良好的合作经历，两人一拍即合。

当时，三星堆的名声还远不如月亮湾大。那时，郭汉中还是一个孩子，看见城里人开着北京大吉普，一路问道，到三星堆村口时，夹杂在看稀罕的人群中的郭汉中问他们找什么，他们说找地下挖出的碎瓦片，郭汉中说这儿就有。他们跟着郭汉中和一帮老乡走到砖厂取土的断面一看，黑色文化层厚达一米多，有上百米长。不一会儿他们就选出了三百多件标本，包括小平底罐、高柄豆、石斧等大体完整的器物。搬到车上后，车上连下脚的地方都没有了。

好好的吉普车装了一车破石头、烂瓦块。人们为此嘲笑他们，却不知他们回博物馆汇报后，馆长会议立即决定组织队伍进行发掘。但赵殿增马上要去二滩水库进行文物调查，其他三人也各有工作安排，就从其他工地上把王有鹏调回来主持发掘。王有鹏是四川大学考古专业第一批毕业生，1963 年曾随冯汉骥参加过月亮湾考古发掘。

时间来到了 1986 年 2 月，四川大学历史系考古教研室与四川省文物考古研究所合作，为川大 1984 级考古班 20 余名学生安排了考古发掘实习。实习分两个阶段，第一阶段为考古发掘，第二阶段为资料整理，时间分别为一个半月。

同年 3 月，林向作为领队带着 1984 级考古班来到三星堆，这次挖掘有 2 名老师、2 名助教和 20 多位同学参加，其中还有当地招录的临工，而临工中就有郭汉中。围绕三星堆两侧分三个区。“那是当时三星堆有史以来最大规模的一次发掘。”郭汉中说。

相对完整的大的器具出土后，祭祀坑剩下了二百多片破碎的青铜，没人知道这些将组成什么器物。“全是碎片，和泥土混在一起。”郭汉中仍能回忆起 30 多年前的场景。

古人把精美的祭品敲断、火烧，然后埋进土坑，交付给神灵。而几千年后，没有人知道它当时的样子，没有文

郭汉中（中）主持青铜大面具成功提取

字，这是给文物修复出了一个大难题。

从 1974 年开始修复文物，太阳器、眼形器、铜尊、铜罍被一个个修复好了。1986 年那座青铜大立人出土的时候，拦腰断成了两截，方形底座也瘪了进去，杨晓邬和徒弟郭汉中把凹进去的部分一点点敲出来，这很考验技术，一不小心就会破坏文物。锈蚀严重的底座撑不起立人的重量，他就在里面加了个铜座。虽然很见修复功夫，但也都修复好了。

随着时间的推移，一尊尊青铜头像也在师徒二人的玲珑手上现出了真容。有的戴着一层金面罩，有的裸着一层绿锈。时间让铜头和金面之间生出一些氧化物和泥土，杨晓邬要郭汉中仔细清理掉。“把铜头修起来，再把金面还原上去。”金色映着青灰，那是一张张刚毅而肃然的脸。

终于要修复这一堆碎片了。见过太多青铜器，但面前的这堆碎片还是让师父杨晓邬皱眉了。“没有出土过类似的，也没什么资料可查，这怎么修？”他只能依稀辨认出一些圆杆和弯道。

从远古开始，人从穴居野外“走出来”，采集、狩猎，刀耕火种，一直走向农业文明、现代文明。在走向文明的路上，人需要和历史对话。怎么对话？青铜器的再现就是给今人留下的提示。

郭汉中将较粗的圆杆放在一起，再把剩下的拼对，突然大概能感觉到，这也许是树的形象。

难道是摇钱树?

摇钱树是指中国墓葬中的一种树形明器，主要发现于中国西南地区。东汉六朝时期，也叫钱树或升仙树，产生于东汉早期，东汉中期传至重庆地区，至东晋南朝时期衰亡。摇钱树大多由两部分组成：上部为青铜树形铸件，有主干和枝叶，枝叶往往附有五铢挂饰，并且有人物、禽兽形象，有的树干上铸有佛像；下部为树座，树座有陶质、石质和铜质多种，表面有山峦、人物、神兽图像，也多饰有钱纹，顶端中空，用以插立上部的青铜树干。

东汉至三国时期的巴蜀文化圈，即今天的四川、重庆、云南和贵州一带，在专门为埋葬墓主人而铸造的随葬品中，有一种青铜和陶的树状组合器，特别流行。这种明器体型较大，平均高度超过 1 米，一般分为两部分：树座和树。树座通常采用陶土烧制，树则均为青铜材质。树干结实笔直，树枝扁平、纤细、繁茂。因为枝叶上有许多铜钱纹，所以这种明器通常被称为“摇钱树”。除了大大小小的铜钱纹，还有种类繁多的朱雀、羽人、鸟和动物纹饰，其中一些还铸有西王母的形象。总体而言，摇钱树的内涵，就是反映古人对财富的追求和得道升天的愿望。

杨晓邬回忆说：20世纪30年代，南京博物院的前身——中央博物院筹备处对四川彭山汉代崖墓进行了考古发掘，获得了大量珍贵文物。考古学者冯汉骥注意到这种器物，20世纪40年代将其定名为“钱树”或“摇钱树”，此名称被学术界广为使用。20世纪80年代起，开始有学者提出不同看法，主张称为升仙树、宇宙树、金花树或柱铢树。

但是铜器的碎片中没有找到摇钱树相应的图案，也没有西王母的样子。这么大的器物到底是什么？从二百多块碎片中又找到了九只鸟，那九只鸟又代表了什么？真是《山海经》中记载的“九日居下枝，一日居上枝”？在上古时代，人们认为天上的太阳是由飞翔的乌所背负。结合《山海经·大荒东经》的记载，“汤谷上有扶木，一日方至，一日方出，皆载于乌”，不难看出一棵青铜树上的鸟是为了背负太阳而存在的。又结合《山海经》及其他神话传说，也许可以还原出完整的“十日神话”。

那么就暂且把这些碎片叫“青铜神树”吧。

地上摆放着三层九枝分立九鸟的情形，树上的神鸟即为神话中金乌的写照，神树三层九枝及其枝头分立九鸟的

郭汉中修复的青铜神树

形象，符合《山海经》中“扶桑”和“若木”的“上有十日”这一最为显著的特征。青铜神树铸饰九鸟，或原顶部有一只鸟，也可能制作者表达的构型意图是另有一只鸟在天上值日。据《山海经》记载，太阳升起的地方有一棵树，树上住着10个太阳。这就是传说中的扶桑树。

可是扶桑树是由两棵桑树相互缠绕、相互支撑而长成的。全长三百里，直通天庭。后来，尧帝让箭术高超的羿射下九个太阳。不料，羿射下九个太阳后，地上出现了九只乌鸦。原来，这些乌鸦就是扶桑树上的三足金乌，三足金乌就是灿烂的太阳。从此，世界上只剩下一个太阳，扶桑树上只剩下一只三足金乌。

在《山海经》的故事中，现代人可以直观地感受到古人划时代的想象力，以及人类最朴实直观的智慧。《山海经》还记载了大量的地理、水道、山川等，其内容也是中学课本中的常客。在目前的中学语文和地理必学的《水经注》中，有几十处提到《山海经》。

修复青铜器不能靠想象来猜测，史料上完全缺乏相关的文物记载。脑子可以天马行空，但是修复得靠实物，碎片也是有形的碎片。那么这些留在人间的片段，还能拼接出那个世界的一丝端倪吗？

发掘现场超出所有人的预料，看情形，似乎 3000 年前这里的一切都被砸烂烧毁过，仿佛已经完成了一场涅槃。一次次地比对、拼接，不仅要根据专业知识推断，还得发挥想象。

师徒二人研究后，发现青铜神树是采用分段铸造法，再将各个部分焊接成型的方法制成，其使用了套铸、铆铸、嵌铸等当时最为先进的技术。

地上摆放的便是一棵残缺的高达 3.96 米的青铜巨树。假如立起来仰而观之呢？会觉得身之渺小，讷讷无言。地上摆放的神树，并不因碎片而失去精美。而“太阳”与“金乌”，又是神话中密不可分的两者。郭汉中想起，湖南的马王堆，就曾出土过金乌文物。

种种巧合，怎能不让人浮想联翩呢？

器物所要表达的意图完全超出了人们的经验。眼前这件青铜器，由基座和主体两部分组成。树顶已残缺，基座仿佛三座山相连，于山顶节节攀升。它确实是一棵大树，树的树枝分为三层，每层三枝，树枝上分别有两条果枝，一条向上，一条下垂，果托硕大。全树共有九只鸟，站立在向上果枝的果实上。再仔细观察，师徒二人仿佛看到了它的非凡之处——一条龙沿主干旁侧而下，蓄势待飞。不难想象，它凌空飞舞的壮阔景象，这棵树似乎并非生长于人间，也不仅仅是古蜀先民对自然的理解，不只是他们对鸟类划过天际和在树上栖息的观察。如果拼对出的是几棵树，也许象征着九天，但这明显是一棵大树，树顶是否已经是九天之外？神树所蕴含的秘密可能还不止这些。

从另一株至今只修复出下半段的青铜神树底座，能看到更多隐喻和象征，它的三面各有一跪坐铜人像，前臂残缺，参照出土的其他青铜人物来推测，很可能是双臂前伸，手持礼器如璋、琮等，表现祭祀仪式的情景。不断试图沟通天地，认识宇宙的可能，这些符号与青铜神树一样，也许都来自一场仪式，这些也许超越了他们日常可见的形象，成为符号，成为拥有去过另一个维度和时空的神秘力量。

碎片器物体型拼对中发现太大了，修复室容不下，就在室外搭棚进行拼接，这个过程在专业术语中叫“预合”。

四川省文物考古研究院修复室在外面的天井里，搭起5米高的棚子和脚手架，围上挡风雨的塑料膜，盖上玻纤瓦，充当工作台。师徒二人爬上爬下、忍受着夏天的酷暑和冬日的严寒，如此年复一年。

师徒二人不断把成堆的碎片根据造型、花纹分好类，再把同类的若干碎片相互比对拼接。它也许是一棵神树，假如最后不是呢？师徒二人抛开想象，一边猜测一边研究。在修复青铜神树整个过程中，师徒俩无时无刻不在推翻原来的思路，光是研究就用了 3 年之久。

很多个夜晚，郭汉中连睡觉都在想着修文物，都在琢磨不同碎片的共性，稍有一点灵感，第二天一早就立刻赶到修复现场重新拼对。

它果然是一棵神树。

在神树预合前，青铜神树上的青铜龙是作为一件单独的器物来修复的，还因此出现了一段“小插曲”——起初师徒俩觉得龙扭曲得厉害，便将它正了形。正形焊接后，这条龙却毫无生气，他们只好用更复杂的工序将龙恢复原状，取出碎片中间填入的粘接材料。神树预合后，师徒二人赶紧把青铜龙往上接，令所有人意外的是，青铜龙的爪子、腹部和神树紧紧相连，本来看上去有些别扭的青铜龙一下子就“活”了起来。

就这样，修复神树的工作一直持续到 1997 年。用了 10 年时间，杨晓邬和郭汉中终于完成了这棵高达 396 厘米的青铜神树的修复。

“修复文物是个有乐趣又很艰苦的过程，修复成一件完整的文物是很有成就感的。”郭汉中一边说着，一边翻着手中已然泛黄、极具年代感的老式相册。郭汉中对相册里编着号码的文物如数家珍，近 40 年的文物修复时间，经他手修复过的青铜器文物有几千件。在郭汉中眼里，每一件文物都有它独有的故事，它们的“一颦一笑”都深深地刻在自己的心里。

这个被命名为 1 号神树的镇馆之宝，如今被安放在三星堆博物馆综合馆最后一个展厅中央，代表着古青铜器制作的巅峰。

作为三星堆博物馆现任副馆长，早在 1996 年博物馆尚在筹建时，朱亚蓉便来了这里。她还记得布展时给神树装玻璃柜的艰难，“树很大，将近 4 米高，展柜将近 6 米高，玻璃特别长，十几个人才把一块玻璃拉上去”。圆形的底座上，分成三段、套接而成的圆杆状树身向上延伸，生出九根弯弯的枝条，或上扬或下垂，向上的枝上立着一只昂头的鸟，一条龙只剩半个身子，头朝下地悬在树干旁侧，尾部缺失。

看着立起来的青铜神树，杨晓邬和郭汉中说：“它本该还要更高一些，而且是对称的。但因为残缺，现在重心偏向一边了。”

郭汉中在神树顶端加固了绳索，固定也很结实，但在师父的心思引领下，望着树旁那条残龙的手掌，心里想着“那是我们的心血，没有修完整，总觉得有些遗憾”。

当我问到，如果找到了残片，他是否还要参与修复时，郭汉中想都没想，便脱口而出——“要修。”

“当时条件没这么好，买个胶卷都很难，也没做过记录，不像现在，修任何东西，重量、尺寸、照片、断茬口等，资料都是清楚的。”2号坑被发现后，白天围观的群众太多，为了安全，考古工作者在夜里把坑里出土的器物送

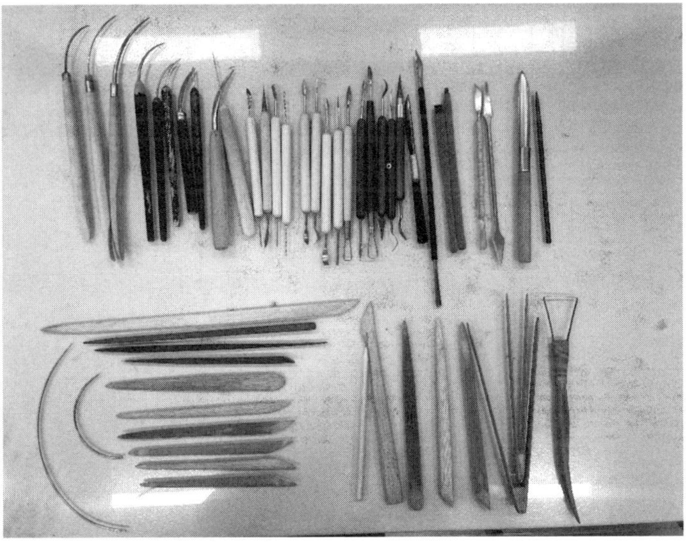

郭汉中自制的文物保护修复工具

进库房，也有些太匆忙了。

师徒二人的心里期盼着在不远的将来能将残缺的龙尾找到。尽管，另一种可能是，消失的那条龙尾或许早就嵌进了历史深处，很难再被找到了。

从埋葬青铜神树的土质中发现了被火烧，然后又被打碎掩埋，岁月腐蚀掉了最初的“吉金”原貌，成堆的碎片、严重变形的底座、没有任何一个完成的分支。发锈膨胀，釉锈硬脆，贴骨锈依附地子，浮锈松散，从清洗、除锈、矫形、拼接、刻纹、翻模、铸造、配缺、打磨、作色、做旧到焊接、铆接、粘接、银钉扣等专业工匠的路数，更有各类“黑科技”助力，深入“肌底环境”的察“颜”观“色”，最后发放“身份证”：三星堆镇馆之宝“青铜神树”。这也让郭汉中成长为修复大师。

青铜神树修复后高近 4 米，重量近 800 公斤，全树有三层树枝，每层三根，每根树枝上都栖息着 1 只金乌，一共 9 只，如果加上遗失的树顶金乌，合计应有 10 只。

如若此刻你站在神树下，可想象微风吹过神树，枝叶簌簌作响，一切美好而纯净。神灵借此降世，人民借此登天。枝头栖息的金乌，是太阳神对人间的眷顾。树干上攀缘的飞龙，是中华民族的图腾。

第十章 爱是走向未来的通行证

1992年，完成三星堆1号、2号坑修复工作后，郭汉中从咸都回到广汉，在一家生产青铜纪念品的厂里干活，并在接下来的5年里他学会了青铜冶炼和铸造——这是中国古代制造青铜器的两大传统工艺。这段看似“脱轨”的经历让他遇见了爱情，同时对他日后修复文物大有裨益。

这一年，郭汉中恋爱了，对象是工艺美术厂一名小他5岁的女工佘仕君。说起自己的妻子，郭汉中有点不好意思：“她不是一个多话的女人，人勤劳、善良，一辈子跟着一个打临工的人，她很知足。”

这一年郭汉中24岁了，从四川文物院回到三星堆，准备筹建博物馆。恰巧遇上广汉冻兔厂转型，由冷冻食品转售三星堆工艺品，急需一个工艺美术师来指点，他们就找到了郭汉中。考古和修复文物使郭汉中把年月日都忽略了。

父亲看见得空回家的郭汉中时搓着双手说：“你妈妈心慌哩。”

父亲的双手搓起来的样子让郭汉中想笑，因手上的老茧摩擦出来的声音好像青铜器上的锈掉落的声音。父亲接着又说：“我倒没有啥，就怕你妈心慌哩。你是土里刨食的人，又不是金命银命。”

郭汉中说：“三星堆要发生翻天覆地的变化了。”

父亲说：“最好你自己先来一个翻天覆地的变化。”

郭汉中记得，那夜的月光非常清澈，洒到地上像水一样，他知道父亲的意思，其实他想告诉父亲自己恋爱了，但在没有确定对方是否真的愿意跟自己结婚之前，他不敢贸然先讲。留意到母亲在黑暗中用一双亮亮的眼睛看着郭汉中，郭汉中大声说了一句：“你们就放心吧。”

“嫁汉不嫁考古郎，一年四季到处忙，春夏秋冬不见面，回家一堆脏衣裳……”这样的打油诗，成了考古人的自嘲。常年与大地打交道，戴着草帽、踩着沾满泥土的鞋子行走在荒野上，太阳将皮肤晒得黝黑，这就是现实中的考古人。

郭汉中和佘仕君确定恋爱关系时，佘仕君 19 岁了，说实在话，当时佘仕君看上了他的主要原因，就是觉得他有手艺，人实诚，和人交流滔滔不绝，讲的全是三星堆的学问，自己不知道，又感到新鲜。就怕他因为工作流动性大，有一天会离开三星堆去往城里，毕竟在四川博物院修复文物就停留了好几年。

那时候郭汉中已经确立了自己的信念，他要将自己的青春年华奉献给三星堆。“三星堆文物馆马上筹建了，我这一辈子恐怕是离不开三星堆了。”在郭汉中身上，佘仕君看到了被梦想点亮的热情。

郭汉中与佘仕君于 1994 年结婚，随后没两年儿子就出生了。因为是农民，家中还有几分土地。和普通人的家庭一样，农忙的时候回家种田，有时候时间来不及就派妻子回家收割，对佘仕君来讲，结婚就意味着离开原来的家，到一个陌生的家，意味着担当起一个新的大家庭的烧饭、洗衣服、喂猪、种田等杂务。

佘仕君说：“那时候住三星堆隔壁一个小院子，院子里

郭汉中（中）作为颁奖嘉宾出席第四届广汉工匠颁奖活动

常常高朋满座，来的都是修复文物和考古的同事。郭汉中除了修复文物还喜欢钓鱼，钓鱼没有人能够钓过他，这和特别能坐得住有关，好像陈列保管部的人不管男女都爱钓鱼，都坐得住。郭汉中发明了一种空钩钓鱼法，专门钓鸭子河激流段里的白条儿鱼。郭汉中说他利用的是仿生学，让喜欢在活水里跳跃的白条儿误认为那缠了动物毛的细小弯钩是小虫在水上经过。钓鱼回来做一锅鱼喊同事来喝酒，喝酒也是他的爱好，似乎也来自他的家庭，他父母都喜欢喝酒。我婆婆现在 80 多岁了，只要郭汉中晚上回家，母子二人总要炒几个小菜喝二两酒。我觉得婆婆年龄大了不应该喝酒了，但是我婆婆说，自己有风湿要喝点酒除除湿气。婆婆不认识字，婆婆的母亲在婆婆 4 岁时就去世了。婆婆是一个苦命人，很善良。有些时候听他们说往事，说从前住在南充山区，那些乡下亲戚后来都背井离乡了。我听着也是很伤感的，但因为不喝酒无法加入他们的话题。后来我的小孩到了该读书的年龄，我们就在广汉城里租了房子，郭汉中不会开车，我也不会开车，我们就都骑自行车。当然，现在骑电动车了。也许是耳濡目染吧，他每修复好一件文物就让我看文物最早的模样和修复后的模样，我看了还很激动，觉得他忙得值，是干大事的人。不过，他真是忙，很多时候周六、周日都不回家。原来他家条件一般，我们两家都穷。穷日子是自己选择的。我后来换了工作，在超市打工。由于他忙，孩子基本都是我带，我也没有怨言。三星堆博物馆于1992年8月奠基，1997年10月建成开放，那时候社会上对三星堆博物馆的期望特别高，传说也多。开馆时我去博物馆，郭汉中告诉我博物馆馆体外形追求与地貌、史迹及文物造型艺术结合，把原始意味和现代融合在一起，意思是表现出了三星堆文化及三星堆文明。那时候三星堆博物馆外还配置有仿古祭祀台和供现代文体活动的大型表演场；还有古典风格的附属建筑群和餐饮娱乐设施；有草坪、水域湖面、假山、水车；还有儿童乐园。参观的人们很惊讶也很兴奋。郭汉中修复好的文物，我看了以后很惊讶，参观完博物馆后再看郭汉中，突然觉得他高大了许多。我当时就想着这个人是我老公？我有点怀疑。他坚持了这么多年，这份坚持就让人佩服。一个文物修复工匠一辈子可能就修复几件，他修复了几千件。他也有没有攻克下来了的，寻找不到残件，很苦恼。有时候回家看我很累，就开玩笑说他做顿好饭，我做饭没有他好吃，来了客人都是他做。应该是因为他从小做饭，家里没有女孩子，婆婆操持家务累，就把儿子当女儿用。”

我说："郭汉中老师有一个小徒弟说，他只有一件西装，需要出镜时穿一下。"

佘仕君笑了笑说："刚又买了一套，儿子要结婚了，不能穿旧西装，应该是有两套了。不过，工作中也不能穿西装，回家也没有必要穿西装，一套西装也够他一辈子穿，他又不会再长个子了。不过说实在话，郭汉中动手能力很强，他利用日常的木头、铁丝，自制了近300件工具；他懂青铜冶炼和铸造，研发了青铜文物整形器、各种类型钢模具；还创新出塑形雕刻、黄泥石膏翻模、浇铸铜铸件，以原材质修复原材质（铜补铜工艺）等先进工艺。这些不仅避免了对文物造成二次伤害，还提高了青铜器整形的复原度、精细度。当年考古老师们在三星堆挖宝，修复地上的陶器文物时，他自己就能从地上把碎片拼对到一起。杨晓邬老师那么多徒弟里最喜欢我老公。原来在成都学艺的时候常在杨老师家里住，师母特别照顾他。"

我说："郭老师到处修复文物，领着你出去过没有？"

佘仕君笑着说："去过一次重庆的万县，那是他去博物馆送复制品神树。结了婚以后还去过一次中国历史博物馆（现中国国家博物馆），是去修文物，在北京住了一星期，我们就住在故宫旁边。那一次看了故宫、长城、中国历史博物馆。看了很多宝贝，让人眼界很开阔。”

我知道佘仕君一个小秘密，就想诱导她说，我问她：“结婚时郭老师有没有给你买过金首饰？”

佘仕君说：“没有，那时候穷，大家都穷。不过结婚以后买了金首饰，金戒指、金耳环、金项链。后来再也没有买过。郭汉中对人好，在修复文物上很浪漫，对我没有那么浪漫，他是老实人，缺少浪漫的细胞。不过浪漫好像又在路上，他说过，等退休了一起去看世界上的各种博物馆，一边旅行一边修文物。”

佘仕君此刻的笑容是烂漫的。

而我所知道的这个小秘密就是，当时郭汉中领着妻子去金店买三金时，妻子看中一对很大的圆圈一样的金耳环，很喜欢，也很适合妻子的脸型，带在耳朵上显得人时尚浪漫。后来坐公交车叫小偷拽走一只，万幸她的耳朵没有事。她现在带着的金耳环是剩下的那只大耳环由金匠重新打造成的一对小耳环。郭汉中确实不浪漫，甚至没有想过再补买一对大耳环给妻子，他真是不懂妻子的喜好。

受郭汉中影响，在云南大学文物与博物馆专业攻读硕士学位的儿子郭志成后来也进入了三星堆博物馆实习。郭汉中告诉我，本来想把儿子留在三星堆博物馆，但是，儿子因为爱情留在了昆明。也许，世界上的事顺其自然就是好事。

我在电话中采访了郭志成。他童年时对父亲郭汉中的印象似乎和其他小朋友的父亲一样，没有任何特别之处。他很小的时候知道父亲在三星堆打临工，又兼着冻兔厂的工艺美术师，记得当时家里到处都摆放着青铜器复制品。那时自己还不觉得文物修复“有意思”。当时博物馆是一个不受重视的行业，远未得到今日的如此关注。毕竟见过父亲修复文物，“有了一定基础”，“很幸运”，后来被云南大学考古专业录取。从书本上和老师的教育中开始面对国宝重器，后来因为实习又进入父亲所在的博物馆器物修复室，正好赶上 3 号祭祀坑发掘。大概是 2019 年 12 月吧，在 1 号、2 号祭祀坑的旁边，考古队员发现了 3 号祭祀坑。

郭志成说：3 号祭祀坑内发现的一件超过半米高的青铜神坛，因为造型奇特，当时三星堆考古人员打趣地描述为“奇奇怪怪”。虽然这件神坛上下都有残缺，但丰富的人和动物形象以及它们奇特的造型仍给人带来无限遐想。在神坛下方，一人用头顶手捧的姿势举起一件花瓣状方台，另一人头戴冠饰，身体扑卧穿过方台，上半身和腿部向外伸出，他的冠饰上顶着一个方座，第三个人手握一只鸟，穿

郭汉中参加四川工匠颁奖活动合影

四川工匠·精益求精
技艺为骨，匠心为魂，立足岗位，一丝不苟钻研技艺；精益求精，
孜孜不倦潜心修炼，工匠精神，纳须弥于芥子，汇山海至方寸。
精研之心，攀登不息，千锤百炼，在极致之路上永无止境。
四川工匠，唯有尽心竭力，研精毕智，才有巅峰创造！
川工匠
证书

靴立于方座上，三人脸都朝同一方向。呈扑卧姿势的人背上还放着一件有太阳纹装饰的方台，4根有精美纹饰的“神柱”耸立在方台上。柱体靠下部，一个铜环把4根“神柱”紧紧箍在一起。4条龙贴着“神柱”自上而下伸展开来，龙爪分别牢牢抓着卧在铜环上的4头牛的双角。“很奇特，很奇特，我是真被震撼到了。”后来考古人员从3号祭祀坑缓慢取出一块青铜罍残片后，一团被压得严重变形的金器出现在人们的眼前。在出土时，这件金器仿佛一张纸被揉成一团，难辨形状。“被我父亲修复后，这张薄如蝉翼的金面具宽37.2厘米、高16.5厘米、重约100克，眉眼镂空，两耳轮廓圆润，鼻梁高挺，嘴形大而微张，造型威严神圣，那是一张完整的黄金面具。”还有后来7号、8号祭祀坑发现的数百根象牙、玉器、金器、青铜器，包含的历史信息和价值超越了想象。那真是琳琅满目，层层叠叠，目之所及7号祭祀坑已经暴露出来的象牙已有180根，8号祭祀坑有202根，这还不算埋在下面尚未露出的，几乎是密不透风的。

我在电话中说：“是不是那时候开始崇拜父亲了？”

郭志成笑出了声：“谈不上崇拜，人生追求不一样，不一定我的人生就不出彩，毕竟我还年轻，谁也说不好未来是什么样的。”

我说：“我赞同你的说法，但是，你不一定将来就能超越你父亲。要知道，你父亲遭遇过来自生活深处的压力，生活的物资来自现实对于他自己的考验，在你父亲没有转正成三星堆正式职工时，有人高薪聘请过他，给他很好的待遇，但是在各种欲望交错挣扎之后，你父亲留在了三星堆。岁月回敬他一个‘大国工匠’，你父亲是有性格的，他也守住了他的性格。”

电话那头的郭志成说：“我和我父亲太熟悉了，我对我父亲的认识可能因为长久在一起，发现他时他就是一个普通的人，他是一个打了一辈子临工的父亲，后来转正了，至于他的奋斗，那是他的时代。我只有看见三星堆博物馆的馆藏时会有一个闪念：郭汉中还真是一个了不起的父亲。”

郭志成是新时代的年轻人，他的生活由一条道路到另一条道路地旋转，他的时代和他的年龄还有他的知识结构有他选择的资本。不过，我很赞同他对自己父亲郭汉中的解读。

第十一章 心手合一的工匠绝活

朝阳升起时，橘色的光芒给三星堆博物馆新馆渡上了一层浅浅的光彩，像是一种罕见的金黄色乳液在缓缓流淌，一股安谧的气氛，如果把脚步迈得轻缓一些，生命活在这澄如朝阳的境界里，是最为美丽的。蓬勃旺盛的青绿之季节，在一点一滴逝去，波澜壮阔之历史，不再炫耀它强劲的伟力。心灵之约似乎在践行中交替与兑现，纯真与朴素，是生命应当永远固守的本色。

有句话说，“认真的男人最有魅力”，其实认真的人不管男女，都很有魅力。在全神贯注、专注做事的人身上，是有光的。

在三星堆修复中心的工作室窗户前，郭汉中通过一个大口圆尊向他的徒弟们演示什么叫修复、什么叫研究性复原。大口尊的圈足缺了一半多，留下的一半有一组完整的兽面纹，有了这个依据就可以利用磨具浇筑将圈足修复。而口缘部分，因为没有可参照的依据，只能根据推测做了研究性复原。

“如果以后找到依据可以作复原了，就把现在做的这个撤掉。”

一件精美的牛头纹的青铜部件静静地放在工作台的一个托盘上，这是郭汉中用失蜡法为大口圆尊作的补配。大口尊的主体变形并有裂缝，郭汉中说之所以不去矫正形状，是因为古蜀人当时浇筑的时候已经失败了，通过二次浇筑后又裂开了，保留开裂痕迹，是为了给现代科研人员去研究。他说得很正确，修复文物更应该尽量保留所有的微痕信息，修复工作要采用可逆的方法、可逆的材料。

在郭汉中这位大国工匠的理念中，文物修复的理想状态是修复人员只对文物进行恢复、加固、待后人需要拆解研究，器物出土时本身的信息都还在，可能假以时日，科学技术更加先进，后来人还能够按照那些留下的微痕和信息更好地进行分析。

“现在焊接都是点焊，尽量保留断茬口，如果有问题还可以拆掉，断茬口还在，以前的做法是会把断茬口全部打磨成45度角。”

回到前文写过的镇馆之宝1号坑出土的青铜神树，在修复过程中郭汉中也面临了如何焊接、如何重新竖立这两大难题。当时郭汉中琢磨出了采用在主树干、树枝套铜管并灌注环氧树脂的冷铆工艺，解决了神树的抗压、抗弯强度问题；树的高度和岁月对青铜的侵蚀，为确保青铜神树重心的稳定性，在神树底座进行铜补铜以及内环铆合加固的处理方式，以吊顶线牵引来应对强烈地震。这项修复工艺后来获得了科技部创新三等奖。

2008年四川汶川大地震中，青铜神树经受住了强震的考验。

地震当天，杨晓邬和郭汉中紧盯着展厅的监控显示屏，师徒二人不说话，似乎周围的空气都凝固了。他们担心这次大地震，会将之前费尽千辛万苦才拼接好的神树毁于一旦。之前布展时青铜神树身上的“安全带”，用的是渔线。用之前也实际测试过渔线（尼龙线）的拉力，当时是用布袋装沙子，拴线吊起，把线抻断时的沙子重量就是该线的实际拉力，将其与标定的标准对照，即可判定是否合格。郭汉中甚至还将渔线揉成团，用双手挤压，松开后看其能否在瞬间自动复原，很快复原无褶痕的，说明该渔线柔韧性好。因为是用在国宝青铜器上，还要观察有无硬伤、松劲现象，线的拉力、耐磨性、延展性、恢复性、柔

郭汉中在进行青铜修复

软性、切水性、目视效果等。

因为以馆藏文物为主的可移动文物属于宝贵的历史文化遗产，具有重要的艺术、科学和历史价值，其保护意义因此显得十分重大。历史上地震造成的文物受损比比皆是。如 1999 年 9 月在希腊雅典地区发生的 5.9 级地震造成希腊国家博物馆部分文物受损；还有 2004 年 10 月的日本新潟县 6.8 级中越大地震，造成博物馆馆藏文物大量破坏。大地震留给人们的记忆是惨痛而深刻的。凡事预则立，不预则废，从 20 世纪 90 年代开始，美国、日本等先后提出将减隔震技术应用于文物的防震保护。1976 年唐山大地震以后，我国开始重视对文物的防震保护工作，多家博物馆普遍采用了“卡、栓、粘、侧支”等传统手段保护措施。但是，大量震害事实表明传统的保护措施并不能确保文物在地震中的安全。

为探索馆藏浮放文物的有效加固方法，师徒二人经过采用振动台试验手段，研究了渔线加固馆藏文物后的抗震性能。小而美的渔线，将文物固定在支架上，核心技术在于绑稳。不管系的疙瘩数有多少，若绑文物的方法出错，渔线会左右跑，文物也会左摇右晃。当时旧馆布展时，郭汉中就和徒弟们说过——“缠两圈，挽八字形，绑死就对了，不用动多余的念头。”

审美视觉下配以合适角度的灯光，固定在支架上的青铜文物，观者看见的也都是青铜文物呈现在半明半暗中，有时候与墙面上的阴影相互呼应勾勒出独特的线条，用以展现器物之美。因为文物保护的需要，博物馆的展览空间基本都是一个个的“黑盒子”。人在黑盒子中漫游时，感受与建筑空间本身是割裂的。还有一种原因是，博物馆中有很多展品都是比较珍贵的，为保护文物，减少光辐射对展品（特别是丝绸、纸制品）的损害，所以在博物馆灯光设计的时候要满足“文物保护”的灯光标准。有些光敏感类文物，光辐射能引起其中的有机物老化，这也是有些博物馆不允许拍照的主要原因。

视觉效果上既要呈现出文物之美，文物展览中又要避免自然光中的紫外线、人工照明的光辐射，这就让每一件展出的文物视觉效果必须是绝佳的同时也是绝对的坚固。但是什么坚固的方式也不能抵挡摧枯拉朽般的地质灾害降临。

2008 年 5 月 12 日四川汶川地震发生时，杨晓邬和郭汉中最担心的是由于神树的半边龙形部件已经没有了，导致主杆两侧的配重不平衡，正常放在展厅时，神树都会自然向一侧倾斜。一根渔线，固定在展厅保护罩中是否可以受力均匀？展厅的监控录像显示，1 号神树只是在地震竖波来临时上下颠簸，并没有看到左右摇摆。

汶川大地震发生后，中国地震台网中心利用国家地震台网的实时观测数据，速报的震级为里氏 7.8 级。地震后师徒二人来不及顾及自己和家人，第一时间进入展览馆，当看到每一件文物都完好如初时，悬着的心总算放下了。

郭汉中正在聚精会神地工作

师徒二人对青铜神树独创性的固定保护，也使得这件旷世奇珍免遭大地震损毁。

地震过后，专家立刻对青铜神树展开检测，结果令人十分欣慰——青铜神树并没有损坏的迹象，甚至摇伤都没有，它依然结实完好地挺立着。当师徒二人在新闻上看到，根据国际惯例，地震专家利用包括全球地震台网在内的更多台站资料，对这次地震的参数进行了详细测定，据此对震级进行修订，修订后震级为里氏 8.0 级。汶川大地震的规模较唐山大地震大。汶川大地震震级大小为里氏 8.0 级，而唐山大地震震级大小为里氏 7.8 级。虽然两者的震级差仅为 0.2，但汶川大地震的实际释放能量约为唐山大地震的 3 倍，地震震动强度远超唐山大地震。

汶川大地震的震中——映秀镇东距三星堆遗址仅 68 公里。

余健是郭汉中的徒弟，也是四川省人民政府颁发的文化遗产从业人员“金熊猫”奖先进个人获得者。他自豪地告诉我，汶川大地震过后，杨晓邬和郭汉中带领他们十几人的团队，全员出动帮助仪陇、绵竹、什邡、盐亭、绵阳等四川省内近 20 家文管所和博物馆进行了灾后和馆藏文物的修复工作。他们三星堆用一根渔线抗击了里氏 8.0 级地震。

余健说：“跟着郭汉中老师，可以积累很多经验，获得很多书本上学不到的知识。”

手、眼、心合一，是郭汉中不断追求的至高境界。40年来，他始终浸润在三星堆的世界中，不仅对文物的器型、材质、功能烂熟于心，更是掌握了雕刻、冶炼、钣金等多门手工技艺，经郭汉中的手修复的文物达到六千多件。

当年杨晓邬讲过，文物修复师并不是只做修复，也要到现场去提取文物。文物一层层叠压在坑里面，由于器型不同，下层文物和上层文物可能缠在一起，所以提取时要特别小心。作为文物修复人员，参与到文物提取这一环节中，能更好地了解文物出土时的原貌，更准确地把握文物的器型、规格，这样日后开展修复时才能更加心中有数。

郭汉中认为，提取文物不是一个简单的活计，在现场需要先进行临时性的加固，然后整体提取出来，再转移到修复实验室。观察文物表面以及附着物，了解残留的信息之后，文保人员还需要进行取样、检测，对文物的质地、成分、锈蚀氧化程度、保存状况等进行修复前的登记，记录文物出土时的原始状况，为之后的修复做准备。清理罍、尊这种容器内部时，还要进行“二次考古”，容器内部的泥土中也可能会找到其他的青铜器、金器等文物。

并不是所有文物修复师都能参与文物提取，因为古代遗物只有一件，只能成功，不能失败，文物修复师要有深厚的经验积累，才能达到万无一失。只有对古代文物的制造工艺有一定了解，理解其原理，才能修复好文物。比如古蜀先民已有多种铸造方法，比如神树上的器物，比如花果、太阳等，都是经过二次铸造后再补铸在神树枝干上的，其中部分零件是铆铸在神树上，即在神树枝干上打孔，直接向孔内灌铜水，再将零部件铆接在神树上。

郭汉中打开手机播放他提取文物时的视频，从视频的角度来看，当时的场景是庄严神圣的，而且提取时也是轻松的。但是，现场提取之前所做的大量工作和准备可不是视频中那些唯美镜头下所传达的安静和幻美。由于不能用出土文物原物进行开模，所以每一次提取，都要使用3D扫描仪对文物进行扫描及周边数据收集，然后根据坑内文物原型进行3D打印，打印一个1 ∶ 1的树脂模型，之后再用这个模型进行开模，制作硅胶保护膜，最终将这个硅胶保护膜套到文物上。当硅胶体保护套和出土器物完全贴合后，外面还要再灌注一层厚厚的石膏保护层，放在专门的套箱里，使器物和箱体融为一体，最后进行整体提取、出坑。比如大口尊出土时本身重量加上附着泥土的总重量超过 200 斤，考古队员利用考古发掘舱中安装的多功能发掘操作系统，就是升降系统，“脚不沾地”地下降到 1 米多深的坑中提取文物。文物出坑落地后，文保人员再将套箱和包裹的石膏分为四块，分别取下，并对文物表面进行清理，通过拉曼光谱仪、X 光、金相分析等科技手段，保存文物所有的原始信息。

早期文物修复青铜头像时，部分头像、金面具在坑里被有害物质氧化、锈蚀。这些青铜头像长出了铜锈，使头像面部胀起，把原本贴合覆盖在头像上的金面具拱胀出去，导致头像和金面具分离。这就需要先将金面具揭下来，把青铜头像面部的锈蚀病害清理干净，然后再把金面具还原上去。从中能够看出古人在捶打中不同部位的薄厚差别。一块金子最开始从鼻子的部分开始敲打，之后向四周延展，第一道到鼻翼，所以较厚，第二道则会到脸颊，第三道到颧骨，第四道到耳朵，第五道是耳朵后面的边缘。这样的工艺就会导致处在中心位置的鼻子最厚，向四周、边缘越发变薄。

我好奇地提出了一个问题：“那些青铜面具是否是外星人或者外来文化入侵的想象？”

正在专注工作的郭汉中

郭汉中答道："它更像人的骨骼。纵目面具凸出的眼目代表太阳；眼目加夔龙，就是青铜器上的兽面纹，代表太阳神。如果把纵目面具倒过来再翻转侧视，就相当于甲骨文'蜀'字，上面是一只眼、下面是一个夔龙造型。这是商人给'蜀'下的定义——蜀人是崇拜太阳神的民族。这是非常有意思的文物，它是蜀人始祖神，但又与商文明有联系。"

随着考古科技含量的日益提高，文物修复的关口也前移到了发掘、提取阶段。郭汉中还特别强调，眼下已经不能单一、割裂地看待发掘时的信息收集和文物修复，这两者是一个综合体。修复时也非常需要最开始发掘提取时收集的信息，比如金属成分、探伤过程、颜色分析、氧化程度，这是一个多学科、整体性的专业。

在郭汉中口中，出现频率颇高的一个词是“可逆”。他认为，修复人员应尽量把文物完整地留给后人去研究，尽量保留所有的微痕信息。因此，修复工作要采用可逆的方法、可逆的材料。

文物修复是对历史回应的一种方式，而文物修复的成果，也是郭汉中自己留给历史的微痕。

第十二章 太阳崇拜和接天之谜

时空的悠远与辽阔，让历史变得模糊和微弱，我们无法辨别最初的样子，国土的争夺，一次又一次的交锋，带着巨大痛感的文化交汇与融合，历史像连绵起伏的潮水一样一波一波涌动着，然后又一波一波无声无息地消失。

博物馆是现代人进入往昔岁月和远古往事的入口，我们毫无选择地在此对朦胧的文明或文化展开不可能完整的想象和推测。据文献记载，古蜀国的先王是蚕丛、柏灌、鱼凫，三代之后是望帝杜宇、鳖灵，其后是开明。

蚕丛，又称蚕丛氏，传说中是上古时代蜀国首位称王的人。据说蚕丛的眼睛像螃蟹一样向前突起。在三星堆新馆二层，可看见三星堆出土的纵目人，还有他头发在脑后梳成的“椎髻”。“千里眼”“顺风耳”，它们的眼球明显突出眼眶，双耳更是极尽夸张，又长又大似兽耳，大嘴亦阔至耳根。

晋代的《华阳国志》中说：“有蜀侯蚕丛，其目纵，始称王。次王曰柏灌。次王曰鱼凫。”《华阳国志》成书于东晋，是中国第一本地方志，也是关于四川古代历史最重要的文献。李白就是看了这本书后才写出了著名的《蜀道难》：“蚕丛及鱼凫，开国何茫然。尔来四万八千岁，不与秦塞通人烟。”李白在《蜀道难》一诗中写到的蚕丛，是蜀国古代神话传说中五代蜀王中的第一代蜀王。

公元前3000年以前，西南的大部分民族是居住在古康青藏大高原的古羌族支派。公元前5世纪前后，他们向东南迁居进入岷山地区，依山势而居，垒石为穴，后又循河谷进入成都平原，开始渔猎生活，并捡拾野蚕抽丝。后人将这些居住在岷山河谷的人称为蜀山氏。

蜀山氏的女子嫁给黄帝为妃，所生后代就是古蜀王国的祖先——蚕丛。

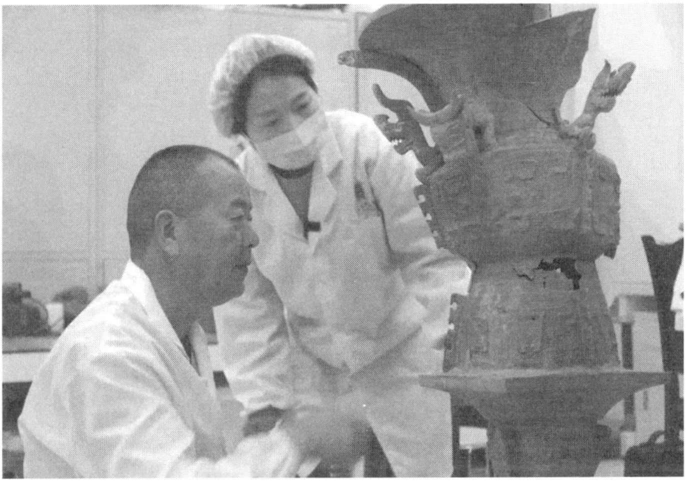

郭汉中（左）和同事在研判顶尊跪坐人像的固定修复方案

蚕丛巡行郊野时常着青衣，因此被人们呼为“青衣神”。蚕丛之前的古蜀人以牧业为主，兼营狩猎和养蚕。蚕丛的继任者柏灌带领族人迁徙到成都平原，自称一国。这时，古蜀国与中原殷商政权屡发战争。在殷墟和周原的卜辞中，出现“蜀受年”“征蜀”“至蜀有事”的记载。可见，当时商朝与古蜀国之间曾经爆发过多次战争，商王才会进行占卜，向上天询问吉凶、对策。鱼凫执政时期，正是商王朝接近灭亡的时候。因为与商王朝不合，古蜀国参加了周武王讨伐纣王的会盟。

杜宇继位后传位于鳖灵，由于其统治不善，古蜀国从此灭亡。

郭汉中告诉我，三星堆考古工作者的探测和分析，把三星堆遗址的文化层分为16层，在遗迹十分丰富的商末层（第8层）上面为间隙层（第7层），是青灰色黏土，堆积呈水平状，且不随地形起伏而变化，厚20—50厘米，属于淤泥，几乎无任何包含物。这种情况说明，三星堆遗迹曾被洪水淹没过。

历史上广汉平原到底发生过什么？三星堆位于鸭子河南岸，这条宽阔的河流在上游叫湔江，在下游叫沱江，偏偏在广汉被叫作鸭子河。这里是经典的候鸟迁徙的地点，每年秋天上百种候鸟飞来鸭子河越冬，鸭子河是爱鸟人观鸟的一处秘密基地，三星堆文物中的鸟形图样众多可能与此地水草丰沛有关。现实中的鸬鹚与青铜神树上的鸟也有异曲同工之妙。

这个世界每一次变化都充满了神秘与诱惑，可以肯定的是也充满了人与自然的抗争。人类的基本生存条件与文化之间，能够不离不弃地依偎着前进，与原始宗教的产生有很大关系。中国古人对自然现象油然而生的一种敬畏崇拜，最常见的是日月星辰、自然灵物。自然界存在着强大的神灵，原始宗教的代表本来就是图腾崇拜。

我问郭汉中：“修复那么多青铜器，你感觉他们祭祀什么？”

“太阳神。”

让文物说话。古蜀先民们对太阳产生了强烈的崇拜情结，其证据便是：三星堆遗址 2 号祭祀坑出土了多件青铜太阳形器。青铜太阳轮形器恐怕是三星堆出土器物中最具神秘性的器物，其用途和象征含义一直众说纷纭，有释为车轮的，有释为盾牌饰物的，有释为陈设物的，比较一致的看法是“表现太阳崇拜观念的一种装饰器物”。

我和郭汉中站在青铜太阳轮前，器形中间的阳部为圆凸形，阳部周围有脊棱形五芒，呈放射状，芒外有一晕圈，晕圈表面呈圆弧形拱起，芒端和晕圈相连接，在阳部中心及晕圈上，各有一小孔。郭汉中告诉我，这件青铜圆环上的放射性光芒，更接近太阳。

“人类学之父”爱德华·泰勒曾经说：“树木就是祭坛，而丛林就是庙宇……在这种树上用线悬挂着无数贡品。”

当我们再一次走到已经复原的青铜神树展柜前，郭汉中指着神树让我仔细看。神树上不仅有龙有鸟，还有悬挂

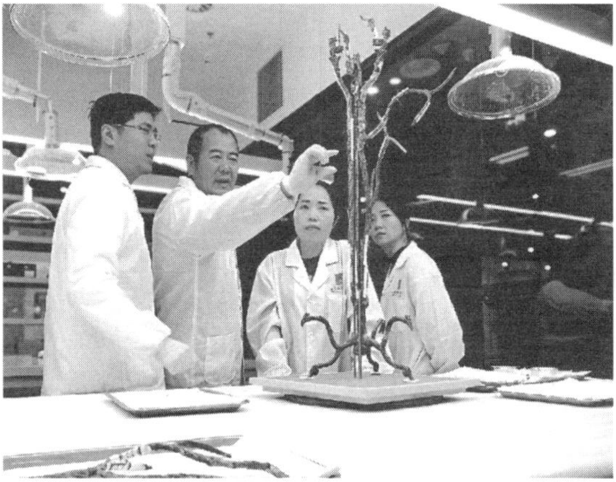

郭汉中（左二）为团队年轻人讲解文物物理支撑技术

着其他零件的痕迹，真希望遗失的零件在其他祭祀坑能找见，这些物件是献给神灵的祭品。

《山海经》中，对山崇拜的描写主要记载在《山经》里，共记载了470座大山。神化之后的山神崇拜，无不透露出人们对山的崇敬之情。对于先民来说，图腾崇拜是部落的共同信仰，他们自认为是图腾的子民，图腾是他们的祖先，用图腾来区分是否是“自己人”。部落首领或者祖先，也经常被先民尊崇为山神，就好比大禹治水被尊为山川神主，他死后所葬的会稽山也被作为了冢山，其后代子孙进行祭祀供奉，祈求祖先山神的庇护。山神通常是以人和兽所组合而成的面目示人，如钟山山神烛阴的形象为“人面，蛇身，赤色”。

三星堆 2 号坑出土的一些玉璋，上面刻有祭山场景，两面共有 4 组 8 幅祭山图。其中每组的两幅祭山图均有云雷状的纹饰相隔。祭司或站或跪坐。玉璋上的这种祭山场景，在青铜神坛上也有反映。神坛的第三层为相连的 4 座山峰，代表东南西北四个方位。

之后我们走到三星堆 8 号祭祀坑 2022 年“新鲜”出土的神坛前。这真是一件独一无二的三星堆青铜“重器”，造型前所未有的复杂。在青铜神坛中，有一排大小相同、造型相同的跪坐人像。如果我们把神坛第三层和第四层连起来看，就会发现，神坛与玉璋都是在描述祭山的场景。这些祭祀有站有跪坐，以跪坐为主，身穿对襟衣衫，系着腰带，双手作持物状。同时，在已经出土的一件青铜跪坐小人像，手里也拿着一枚玉璋。

用玉璋祭祀大山，正好与《周礼·春官·典瑞》中记载的“璋邸射，以祀山川”相吻合。

在青铜大立人面前，郭汉中站了很久。他回忆起青铜大立人像的出土，青铜纵目面具最先露出来。开始，大家还以为是一件“铜椅靠背”。等到清理结束，才发现是一个巨大的青铜面具，仅一只耳朵就有 28.5 厘米。在满是象牙的坑中，一只巨大的手“伸”了出来，三千年，纵横交错的沧海桑田，虽然它已经断成两截，但是那一瞬间它是这个世界不可抗拒的引力。

修复青铜大立人像过程中，还有一个有意思的小插曲。当时中国历史博物馆文物专家孙振翔、赵家英、傅金凯、王赴朝等一行 7 人受国家文物局指派，来到三星堆修复一批文物。在修复过程中发现大立人像后背缺失了一块，当时便精心打磨出一块同样大小的铜片暂时焊接上去。铜像身上雕有精美的纹路，而这块仿造的铜片上却没有再雕刻，就是希望有朝一日能找到那块丢失的铜片，将仿品替换下来。没想到，6 年之后，奇迹真的发生了。1993 年，三星堆出土文物修复工作基本完成，郭汉中发现一块青铜残片，恰好与青铜大立人像缺失的部分完美重合。历史总是在不经意间，找回属于自己的答案。

大眼、直鼻、方颐、大耳，是典型的三星堆人的面部特征；头戴高冠，冠上刻有莲花状兽面纹和回字纹；身穿窄袖与半臂式三层衣服，衣上纹饰繁复精丽，以龙纹为主，辅以鸟纹、虫纹和目纹等，身佩方格纹带饰。由此可以肯定青铜大立人的身份尊贵，但他究竟是哪一位蜀王，还是一位拥有至高法力的巫师？也许与金杖一样，是神权与王权结合的最高象征。人像头冠上的莲花纹代表“日神”；身上佩戴的方格纹带饰，具有“法带”性质；衣上的几组龙纹装饰，则有与神灵交感互渗的意义。

在适应了展厅灯光后，我发现大立人服饰上的蝉纹如此明显，或许其想要表达的是：穿着蝉衣就是生命蜕变的象征——在普通人眼里，大立人已经超越了生死。在中国传统文化中，蝉象征着神圣、高洁、餐风饮露、一鸣

郭汉中的徒弟王荔（左一）获第三届“广汉工匠”称号

惊人。

青铜大立人像是目前已知的殷商时代最大的单件青铜人像。

2023年7月中旬的一个傍晚，经众人合力，重约180公斤的青铜立人像缓缓“站起”，旋转180度，再解开固定带、去掉背板，这件被称为“世界铜像之王”的国宝重器进入三星堆博物馆新馆的展柜，完成出土后的首次“搬家”。而自2023年6月20日闭馆至开馆前，三星堆博物馆一直处于忙碌的文物“搬家”时间。1997年建馆便“入住”的文物们，陆续离开了“居住”了26年的旧馆，尤其对1号祭祀坑青铜神树、青铜立人像等大型文物而言，这是它们出土后唯一一次“搬家”。

三星堆博物馆新馆展出1500余件文物，其中包括300余件三星堆遗址3号至8号祭祀坑新出土的文物。为保证文物“迁居”，郭汉中可说是步步精心，因为责任重大，他和徒弟们提前策划，以文物保护手段“护航”重器。“这些文物在埋藏之前都被烧过，很薄、很脆，动作必须非常小心。”

如果说为小型文物“搬家”相对轻松一些，那么1号祭祀青铜神树的“搬家”过程颇为“惊心动魄”。郭汉中说：我们用事先切割好的木条一一固定神树的每根枝干，器物与木材接触的部分都裹有厚厚的纱布，避免摩擦对文物本体造成损害。“我们采用的是三点加固法，每根木条都有 3 个受力点，每层 3 根木条形成平衡，这是反复实验的结果，十分稳固。”

持续约 6 小时的加固工作完成后，次日凌晨，伴随着链条与滑轮的摩擦声，神树上半部分被工作人员缓缓拉起，随即放置于专门打造的金属底座上。底座上竖起的金属管直接插入神树主干中空的内部，在固定文物的同时，也极大地减少了文物的受力。而在建筑面积 5.5 万平方米的三星堆博物馆新馆，形制各异、精美绝伦的数千件文物，正是郭汉中和他的修复团队的杰出成果。

“修文物是‘因物而异’。和老一辈人比起来，这代年轻人的理论知识虽然强，但动手能力差了些，还是要在实践中锻炼，实践出真知。这是一项孤独的工作，充满神秘。一切未知的快乐，也给予内心洗礼，人类文明推向时间的另一端，有更多的未知埋藏在大地中。”

随着三星堆遗址祭祀区野外工作的全面结束，新祭祀坑出土文物的室内整理、保护和修复成为当前三星堆遗址研究最重要的工作之一。“有上万件文物等着修复，我们这一代甚至下一代都没法完成，需要一代代接力下去。而目前，最缺少的就是修复文物人才。但是，这份工作又急不得，修复有些文物花上好几年的时间是常事，这是和文物对话的过程，静下来才能听得清楚，想得明白。和文物互相打磨，脾气秉性也得到了磨炼。”

郭汉中于1992年开始带徒弟，他把这称为“担担子”——“师父当初带我是信任，如今我带徒弟是责任，把从师父手里学到的传下去，是担当。”

目前，郭汉中的文物修复工作室有8个人，团队中有男有女，有“70后”也有“80后”，有的已入行十余年，有的才刚加入团队，还有的是走了又回来。带一个队伍唯一的办法，就是“我做出来给你看”。

谢丽到工作室已经10年，她感觉青铜器修复里最难的是矫形，矫形是个长期过程，需要随时控制自己的力量以释放青铜的应力，会耗费大量的时间和精力，“但郭汉中老师能很快就让青铜器物恢复原状”，他会根据青铜文物的变形程度、延展性、弹性、塑性、脆性、强度、厚度以及腐蚀程度，选择锤击法、模压法、撬压法、顶撑法和加温法，完美地解决问题。经历3000多年的地下埋藏，“神坛”已严重变形，满是镂空花纹的基座上共有13个铜人像，其中3个“抬杠力士像”的头部已经断开，它们的头和身子却都一样，哪个头该安在哪个肩膀上？这让年轻的文物修复师犯了难，经验丰富的郭汉中一眼就看出，及时让谢丽换了标签。“只看抬杠子的这几个人，肩膀、大臂的肌肉隆起，头部偏离的方向和两侧肩膀的位置都不一样，就连肩膀肌肉在负重时的状态都生动还原了，这件器物整体修好之后会更加震撼。”

杨平则觉得摸索颜色调配经验，给青铜器上色是难点。“经常是自己觉得色差很小，但师父一看觉得根本不行。”遇到难点，他们会找郭汉中商量解决思路，在他们眼里，师父虽然严厉，但细致而敏锐，对所有过手的物件，他都一丝不苟。

余健是一位“80后”，如今已是三星堆博物馆副馆长、文物保管部部长，管理着三星堆博物馆的文物保护修复团队。这个团队不仅在鸭子河畔修文物，更是深度参与三星堆文物的考古发掘。说起“修文物”，余健坦言最难的莫过于“抢救”象牙，“完全是和时间赛跑”。

古蜀人祭天敬神，象牙是最珍贵的祭品之一。2021年开始，三星堆3号至8号祭祀坑共计新出土700多根象牙，最长的接近1.5米。这些象牙外表看着还是一整根，内里早就糟朽，比饼干还要酥脆，如果不采取任何措施，就会迅速化为一堆粉末。更何况经过3000年的埋藏，象牙与周围的青铜器等文物层层叠叠、犬牙交错地挤压在一起。如何在不伤害周边文物的情况下安全提取象牙？

三星堆博物馆的文物修复师与四川省文物考古研究院、成都文物考古研究院的专家通力合作。郭汉中更是创新性地自制泥土清理和贴附件加固等小工具，将传统修复工艺中的蜡模固型加固应用到了象牙提取中，在非常有限的时

郭汉中站在自己参与修复的青铜大立人像前

间内，将相对完整的象牙全部成功提取。

将脆弱的“病人”用“救护车拉回来”，真正的“救命”——象牙文物保护修复才刚刚开始。“清理、保水加固，一个半月一次的循环保养……”余健说，“大家对象牙的用心程度，无异于对一个孩子的成长呵护。”

被问到最喜欢三星堆哪件文物，三位文物修复师没有丝毫犹豫：“三星堆的文物件件都好！”

这么好的文物，这么火的三星堆，文物修复师的压力无疑是巨大的。如何长期保存象牙，如何把成百上千的残缺物件拼成一件完整文物，埋在不同祭祀坑的哪几件青铜器应该“重新合璧”……三星堆几个祭祀坑的先后发现，一次次令人震撼，古蜀人用他们的智慧一次次考验着人们的理解能力，更考验着三星堆文物修复师。三星堆新发现的 6 个祭祀坑已出土 17000 多件编号文物，其中相对完整的有 4000 多件。“这一批文物的修复，应该是一个漫长的过程，至少 5 年到 10 年，甚至 20 年。”

近几年，随着《我在故宫修文物》《国家宝藏》和此次三星堆发掘等现象级的事件推动，国内的文博热达到了一个高峰。然而，在摄像机镜头的背后，文物修复人才的培养、招聘和晋升面临的系统性问题，则鲜为人知。很多人认为，文物修复是技工干的活儿，以四川省文物考古研究院为例，做修复的人员学历水平相对较低，评选较高级的职称和专家称号难度很大，这导致很多人更愿意搞研究，不愿意做修复。

当前，国内很多考古机构在招聘时，通常要求有硕士及以上学历，这个门槛把很多优秀的文物修复人才拒之门外了，而从文物修复职业学校等引进的修复人才，又由于学历不够，按规定无法进入编制。文物修复越来越成为一个综合性很强的专业，多学科交叉。修复人员不光要把文物修好，还要知道为什么要这么修复。很多工作需要使用显微镜等先进设备，对金属陶瓷组织进行观察和形貌分析，对青铜器合金生成、冶炼、浇铸以及加工工艺等信息进行研究。这些任务对文物修复人才的学科背景和研究能力要求更高，传统的修复人才比较吃力。

当年杨晓邬提出的师承制带出来的徒弟在知识、积累方面更加扎实，因为院校很少有文物能让学生上手实践，而师承制徒弟遇到什么问题，师父能很快解答，并且能更个性化地讲解。雕塑、磨具、锻造、钣金、焊接、雕刻、美术、用力的改变和形状的矫正，以及修复理念这些知识都要学习和掌握。

由于平日修复工作繁重，郭汉中的徒弟主要是博物馆文物修复部的工作人员，以及通过项目和其他单位合作进行交流的人才。郭汉中表示，在杨晓邬的时代，更讲究传承，不是这个圈子的人，很难进这个门，而现在很多技术都是公开的，且中国文物修复人才奇缺，这门科学被世人了解是近几年的事，看似神秘实则枯燥的工作让很多人望而却步。如果没有新鲜血液注入，再精湛的技艺也会面临断层甚至消亡的危险。三星堆还有很多精美的文物公众根本不知道更看不到，而这些文物，现在的修复人几辈子都修不完。

“老来师生如兄弟。”修物实为修身，修艺实为修心。文物修复时他们一起，就如同穿越时空，从青铜时代到数字时代，从远古部落到泱泱大国，传承与创造，那场面是严肃认真；做菜犒劳徒弟时，是情趣打闹，是劝酒耍疯，是另外一种情形的人间热闹。

郭汉中说：“工匠所为只是器物，时光所为才有了文物。我从上初中开始接触文物修复，与文物打交道 40 年。我修复了文物，时光也修炼了我。”

历史让人沉醉，那些穿越古今的一件件文物，在修复中诉说着时间的故事，还原出曾经的气韵。

第十二章 『文物外交』：与世界的多次约会

1993 年，四川省博物馆展厅来了一个德国人，这个德国人看到展厅内三星堆出土的沉睡千年的“天外来客”，一下就被吸引了。这时距离三星堆两个祭祀坑的发掘已经过去了 7 年，尽管学术界已经意识到三星堆文化是一个拥有青铜器、城市、文字符号和大型礼仪建筑的灿烂古代文明，但那时的三星堆还远不像如今蜚声海内外，甚至连属于自己的博物馆都还没有。

这个德国人来自一个叫埃森的城市，是当地博物馆的馆长，他对三星堆青铜器喜欢得不得了。埃森市博物馆馆长和四川博物馆协商说，自己任职的博物馆太小了，没有能力承接三星堆的展览，但他认为三星堆的艺术价值一定可以征服德国其他的大博物馆。这位德国埃森市博物馆的馆长一直积极与德国各个大博物馆联系，希望尽快让三星堆与德国观众见面，但三星堆文物出海的第一站却不是德国。

1993 年，中国正在为申办奥运会而努力，为了助阵北京申办 2000 年奥运会，三星堆文物出展瑞士洛桑奥林匹克博物馆，这是三星堆文物第一次走出国门，走向世界。当年，被称为“千里眼”“顺风耳”的青铜纵目青铜人像作为体量最大的一件文物出展瑞士。因为是第一次海外出展，大家都非常紧张，奥组委也很紧张，保险额度买得非常高，高达 3000 万美元。展览于 1993 年 6 月在瑞士洛桑新落成的奥林匹克博物馆举办。中国参展文物还包括乾隆龙袍、明代皇后凤冠、中山靖王王后窦绾的金缕玉衣等，都是顶级国宝。

那次文物外交，中国真是拼了。

奥林匹克博物馆完全是现代化博物馆，但又是开放自由的。就像卢浮宫里的雕塑一样，文物摆放在那里，没有玻璃遮挡，参观的人好像可以融进文物里。

那之后，三星堆青铜器在国外名声大噪。

1995 年，在埃森市博物馆馆长和各方的共同努力下，“人与神——中国古代文物精品展”在埃森克鲁勃山庄和慕尼黑市落成，三星堆青铜大立人像、青铜金面具、“大玉璋”与德国观众见面了。此时恰好在德国进行国事访问的国家领导人也前往参观，这是中国国家元首首次访问德国，因而这次展览不仅在民间引起德国甚至整个欧洲的参观热潮，也无疑是一次成功的“文物外交”。

1995 年至 1997 年，三星堆文物先后赴瑞士、德国、英国、丹麦展出，面对古代东方如同天外来客的青铜奇军，整个欧洲惊叹不已、莫不赞服。

1995 年，日本朝日新闻社前来四川省文物局接洽。根据协议，日方支付四川省文物局 100 万美元（当时约合人民币 800 万元），全部用于三星堆博物馆建设。此前为了修建三星堆博物馆，三星堆博物馆筹备组到处筹措资金，只筹到 200 余万元，这笔资金给了三星堆修建博物馆很大的底气和信心。

没想到，展览前却发生了一件大事故。日方团队来四川考古研究所给展出文物拍照，在拍摄一级文物“大玉

荣誉证书
HONORARY CREDENTIAL
郭汉中 同志：
荣获二〇一八年度“广汉工匠”称号
特此鼓励！
中共广汉市委宣传部　广汉市总工会　广汉市人力资源和社会保障局
二〇一八年四月

2018年4月，郭汉中荣获“广汉工匠”称号

璋”时，摄影师翻面时不慎将之摔裂。朝日新闻社副社长专程赶来成都。双方最后达成协议，日方赔偿3000万日元，还向四川省考古研究所赠送了两台汽车用于野外考古。后来，日方赔偿的资金全部用于三星堆博物馆建设。

玉璋被摔裂，几乎成了杨晓邬、郭汉中师徒二人的心病，虽然加班加点用了两天时间用环氧树脂将玉璋修复了，但心里的补丁却烙下了。自此之后，每一次文物出国，师徒二人都是千叮咛万嘱咐，对跟随出国的随行人员讲：“待之以敬重，处之以虔诚，施之以力行，求之以跋涉。”拿文物必须用双手；有两个“耳朵”的器物不能提“耳朵”，要抱“肚子”；把手中的文物递给另一人时，必须说声“我放手了”，听到对方回答“好”然后才能松手；别人工作台上的东西，可以看，但绝对不能碰。这些细节都是必须要严格遵守的工作规矩。

文物外交是好事，而文物出国总是被一种矛盾的心理所笼罩着。一方面，为中国文化将被更多外国观众认识而自豪；但另一方面，又为这些文物在运输和展出途中缺乏“精心照料”而担心。文物外展是最直接最有感染力的文化交流，因为文化是相通的，人们对美的向往是一致的，三星堆的文物走出去能够让更多的外国朋友了解中国，也希望外国朋友能够来到三星堆，感受它的魅力。但是，每一次，师徒二人的心都吊在胸腔里伴随着文物出行，一直到文物安全回归，那种感觉无法言说。

一位叫倪蜜·盖茨的美国人是三星堆的铁杆粉丝。为了“追星”，倪蜜从德国的展览一路追到了日本，还曾写信，希望邀请三星堆到自己的家乡美国西雅图做客。倪蜜·盖茨是比尔·盖茨的继母，她还有一个重要的头衔就是西雅图艺术博物馆的馆长。1996年，三星堆博物馆收到倪蜜馆长的一封信，她知道三星堆新出土了一批珍贵的文物，表达了她对文物的极大兴趣。于是她应邀前来参观。倪蜜馆长尤其痴迷于1号神树，她在1号神树面前久久凝望，在即将离开三星堆的时候，倪蜜又不舍地回到1号神树前，驻足良久。

“1997年，我来到三星堆，亲眼看到这些文物，令我非常震撼，太壮观了，当我第一眼看到青铜神树，它的尺寸和精湛的工艺都给我留下了深刻的印象。”倪蜜回忆起第一次看到神树的场景时，依旧感到震撼。她很难想象，这件特殊的青铜神树是出自3000多年前的中国古人之手。当时倪蜜就非常希望立刻把三星堆遗址的文物和神树带到美国，在西雅图艺术博物馆进行展览。

神树的魅力可以跨越山海，但去往美国展览的计划却没有那么顺利。三星堆1号神树的珍贵让杨晓邬和郭汉中这对师徒产生了阻挠的想法，但它极高的艺术价值也让倪蜜馆长不愿轻易放弃，她在两年之内三次远隔重洋来到三星堆，还带来了青铜专家旧金山亚洲艺术博物馆馆长许杰。许杰是作为那次三星堆展览的策展人前来的。倪蜜馆长很明确自己的想法，那就是“希望可以让神树参展”。郭汉中被定为文物保护专家，为此三星堆还制定了非常详尽的《三星堆神树保护保障方案》。

就在赴美前夕，2001 年 2 月 28 日，西雅图发生了近 50 年来最大的地震。里氏 6.8 级的地震让郭汉中格外忧心文物的安全，二十多天以后，倪蜜馆长请美国地震的权威机构收集了近百年来西雅图和华盛顿州的地震情况，并预测在展览期间不可能发生大地震。考虑到 1 号青铜神树远隔重洋的运输，师徒二人从多方面提出阻挠意见，直到最后放弃了神树走出国门这个想法，他们提着的心才有了安

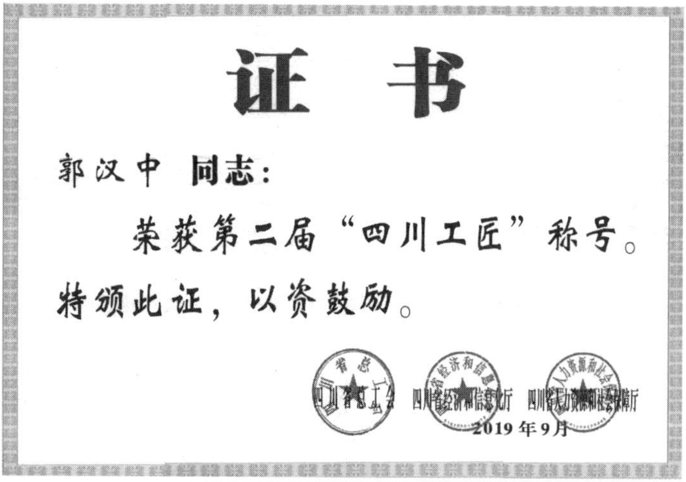
证 书

郭汉中 同志：

荣获第二届“四川工匠”称号。

特颁此证，以资鼓励。

四川省总工会 四川省经济和信息化厅 四川省人力资源和社会保障厅

2019 年 9 月

2019 年 9 月，郭汉中荣获“四川工匠”称号

放之处。

直到2001年5月2日,《千古遗珍——中国四川古代文物精品展》在美国西雅图艺术博物馆展出。175件四川文物走进了美国观众的视野，轰动了整个西雅图。“可以说是盛况空前，这是西雅图博物馆历史上规模最宏大、效应最轰动的一次展览，还去到了纽约的大都会艺术博物馆，之后又去了加拿大的皇家安大略博物馆，三星堆的文物名扬北美。”郭汉中回忆起当年的盛况不禁感慨，“虽然出于安全考虑，1号神树没能来到美国，但我们制作了一张一比一还原神树大小的照片，已经是让美国观众对照片叹为观止了。”

三星堆文物仿佛天外而来的震撼造型充满戏剧张力，但这些夸张的造型却和世界上很多其他文明有共通之处，比如1号神树和古代美索不达米亚平原苏美尔文明中生命之树的造型非常相似，三星堆出土的玉璋在越南北部也发现了相似造型的文物，更有趣的是，西雅图的橄榄球队的会标是一只海鹰，造型和三星堆出土的大鸟也非常神似。这种神奇的相似让西雅图的观众觉得既神秘又熟悉。

三星堆文物在世界舞台上的亮相，不仅改变了人们对古代中国局限于瓷器、长城等的理解，也让世界认识到了中国古代文明的先进，对中国古代的历史乃至世界历史都有非常重大的贡献。

郭汉中说：“修复后的文物和我之间有着特殊的感情，它们就像我拉扯大的孩子一样与我是血肉相连的，它们每一次出走都让我望眼欲穿。”

春节始于农耕时代，中国古人需要在年末祭祀神灵庆贺今年的丰收和祈求来年的风调雨顺。随着时间的推移，人们在过年有了各种各样的风俗习惯。而跟家人们一起看春晚仿佛已经变成了现代的一种习俗。2022 年春晚，最引人注目的，莫过于展览在舞台上的三星堆青铜面具。

让文物上综艺节目？一向视文物为生命的郭汉中十分审慎。

青铜大面具在地底已经埋藏了 3000 多年，珍贵而脆弱的文物怎样从四川运往北京？全程又如何保障文物的安全？有媒体记者第一时间进行采访，发现三星堆青铜大面具的此次“出差”，不仅惊动了国家文物局，还尊享运送三级警卫、候场有专门 VIP 房间、文保专家保驾护航等超级待遇……原来，那年众星云集的春晚上，最大的“腕”其实是它！

国宝“出差”，方案先行。2021 年 11 月，负责三星堆祭祀区考古发掘的四川省文物考古研究院接到了央视春晚节目组的电话。他们希望邀请三星堆的考古工作者登上央视春晚舞台，讲述全年爆火的三星堆考古发掘的故事，并带去一件典型文物进行现场发布。这件文物，就是最后从几件候选国宝中被挑中的青铜大面具。为此，中央广播电视总台专门就此请示国家文物局，获得大力支持。国家文物局认为，在文博热的当下，在央视春晚上讲述文物故事，也成为推动文物“活”起来、加强考古成果传播转

2022 年“大国工匠年度人物”在南京长江大桥打卡合影，图中右三为郭汉中

化的有益尝试。关键的问题，是要做好文物安全保障工作——文物出发前要修复保养，确保适合长途运输与展示；要严格按照规定，制定文物点交、包装、运输、存放以及展出全流程的安全方案和应急预案，落实安全责任；现场还要加强安全防护，确保展出场地、展柜展具符合文物保存展示的环境要求，杜绝安全隐患。在此背景下，郭汉中团队和四川相关文博机构，精心制定文物安全保障方案，在文物清理、包装、运输、卸载、布展、警卫、保护等各

郭汉中荣获“大国工匠年度人物”

项工作上都做到了细致入微。

国宝要和全国人民见面，不可能“蓬头垢面”。

青铜大面具出土后，其实存在着锈蚀和表面有泥土等附着物的情况，因此看上去格外“沧桑”。此外，面具左耳脱落、左脸颊后方及嘴角处稍有残缺。文物出土后，郭汉中团队在科学研究分析了面具病害后，有针对性地对表面泥渍、泥土覆盖物、硬结物、锈蚀物做了清除，确保文物状态稳定。要把这样一个梳妆打扮后的“大块头”运到北京，绝对不能出丝毫差错，否则对文物就会造成不可逆的伤害。

怎样确保万无一失？郭汉中遵循最少干预原则，精心设计了文物的加固防护方案，采用不锈钢钢构支架做完全物理性加固，全程确保万无一失。郭汉中和当时负责运送国宝的公司，从包装环节开始制定了一个翔实方案，还专门提前让他们到三星堆博物馆，使用 3D 打印技术制作了原比例文物复制模型，用模型进行模拟包装演练。由于面具右眼部腐蚀严重较为脆弱，左耳断裂脱落，为免磕碰，面具和左耳单独包装。包装也有讲究，根据面具尺寸定制内外两层包装盒，内盒底部垫上海绵、防滑密封条和毛毡等，既起到减震作用，也可以防止对面具造成磨损。内盒外再套外盒，中间再填减震材料，以缓解文物在运输中的冲击力。

从广汉到北京约2000公里，白天不能抵达的情况下，夜晚怎样保障文物的安全？在国家文物局协调下，博物馆和承运方制定了合理的运输路线，全程有安保人员押运，并且中途车辆过夜全部进入当地博物馆，确保万无一失。到了北京以后，文物也是搬运到符合文物存放环境和安防标准的博物馆文物库房暂存。

春晚最大的“腕”，最终给了观众一个大惊喜。

40年隐身于文物背后，沉潜到以毫厘计的文物细枝末节，一个打临工的少年成长为“大国工匠”，他的人生似乎是一个“天注定”的转折，他因修复具体而微的器物，进入浩大无声的历史，也因平常的心、平常的工作态度、平常的坚持，换来了社会上的名声。郭汉中先后入围北京奥运火炬传递手、第三届中国质量奖个人受理名单，并先后获得四川好人、德阳市技术能手示范个人、德阳英才、全国文物修复职业技能竞赛瓷器修复项目三等奖、德阳市技术能手示范个人、第二届“四川工匠”等荣誉。

2023年2月28日，2022年度“大国工匠年度人物”在南京市揭晓，郭汉中荣登榜单，成为10位“大国工匠

Torchbearer Certificate of
the Beijing 2008 Olympic Torch Relay
北京2008奥林匹克火炬接力
火炬手证书

Light the Passion Share the Dream

郭汉中

participated as a Torchbearer in the Beijing 2008 Olympic Torch Relay.
With "Journey of Harmony" as its theme and "Light the Passion Share the Dream" as its slogan,
the Beijing 2008 Olympic Torch Relay travelled from 24 March to 8 August to over 100 cities across the five continents of the world and the whole of China.
It covered a distance of 137,000 km and involved 21,880 Torchbearers and 5,000 Escort Runners.

您作为火炬手参与了北京2008奥林匹克火炬接力活动。
北京2008奥林匹克火炬接力以“和谐之旅”为主题，以“点燃激情 传递梦想”为口号，从2008年3月24日至8月8日，
传递范围遍布五大洲21个城市和中国境内113个城市，总里程13.7万公里。
有21880名火炬手和5000名护跑手参加了这次规模盛大的圣火传递活动。

Jacques Rogge
雅克·罗格
President of the International Olympic Committee
国际奥林匹克委员会主席

Liu Qi
刘淇
President of the Beijing Organizing Committee
for the Games of the XXIX Olympiad
第29届奥林匹克运动会组织委员会主席

郭汉中的北京 2008 奥林匹克火炬接力火炬手证书

年度人物”之一，也是四川唯一入选者。

面对荣誉，郭汉中荣辱不惊的心态，如佛家入定一般心沉如水。无论是获得“大国工匠”荣誉还是火上央视，他都云淡风轻，依然每天泡在实验室，清理着六大祭祀坑发掘出来的文物碎片；偶尔去钓钓鱼，然后做菜和团队的人举杯喝几盅民间酿造的粮食酒。几杯酒下肚，便有了小小的有趣故事，因酒而另生枝节，在徒弟们的打趣中承诺

了下一次钓鱼做菜的时间。

郭汉中认为，文物修复是时间与技艺的彼此成全。“士农工商”的“工”，“匠心独运”的“匠”。在时间的长河中，郭汉中凝神专注，他的巧手如史，为世间的器物注入了灵魂，也传递着经年的智慧。

三星堆“时光匠人”郭汉中，一双“补天手”，修复了古蜀国历史，也完成了与数千年前匠人的古今对话。

后 记

北方大雪。在等天晴时，接着又一场大雪降临。有些事不能再往后推延了，必须出发。

我买了高铁票坐火车去三星堆。出行的理由是去三星堆采访大国工匠郭汉中。

我不是一个善于把历史弄得明白的人，对青铜器的挚爱，是青铜器特有的古人信仰与崇拜，是其他任何物品都无法取代的美击中了我。正如丹麦人汤姆森而言，“在遥远的东方，有个古老民族缔造出了一种与欧洲面貌完全不同的灿烂青铜文明”。

白雪皑皑的北方，大雪覆盖了沟壑纵横，车窗外的飞雪还在飘，一个短暂的现象闪过脑海，山川大地，在时间和空间两个层面上统治着人类。这是一种从不含糊的专制。

北方因雪而迷蒙不清，世界只剩下了一层白。出太行山，地理的奇妙组合为视觉提供难得美景。当飞雪消失，当大地过渡出青绿，这样的情景使任何一个目睹者都不能不为之动容，人间，令我肃然起敬。

一路上感觉大地的变化，由隆升的山峦而蜿蜒成平地。大地深处隐藏着多少秘密。起伏跌宕的大地暗示着生命与世道的无常。速度，只是千百年的时间，那些氧化生锈的器物，则如一串串没有人读懂的暗符，历史只有埋藏在地下，才会呈现出它的真实。

然而一切美好的东西仿佛都很脆弱。

腥风血雨、朝代更迭，每一次命运翻盘，都会导致一次全新的破坏，没有人说得出来这究竟是悲剧还是喜剧。也许曾经的一切验证了一条真理：从时间中获得的，最终仍要回归无尽的时间。

车行路行。在迅疾而过的时间中，将人区别开来的不是生命的长短，而是文明的进步。人类也许很早就懂得了这个朴素的真理，所以，工匠为无常的人生注入了无尽的美学成分，这种对生命重量的尊重，是延续生命唯一仅有的慰藉。我们的脚下有多少王朝在沉睡？穿云破雾的夕照明亮了大地，成都平原是一个巨大的盛满宝物的容器。在滑行中，你会看到，时间其实并未改变这里的苍黄与葱绿，更不可能改变这里的古老与永恒。“就如河流，或长期地横流成一片水泊，或最终改变了流向而不寻踪迹，或由地下再次冒出。还有那些微小的人类改造运动，将泥土由这边搬运到那边，再由那边搬运到这边，都无从改变大的环境和氛围。”

7小时后，我到达了三星堆。

痴迷三星堆，或者说是从痴迷青铜开始。

正所谓“国之大事，在祀与戎”，除了武器之外，青铜器的大量出土文物是：铜容器。或者说是酒器。这当然也是贵族阶层才能享用的高端奢侈品。冶炼技术是影响青铜器发展的一个重要因素，铜容器的出现揭示了当时工匠的一场思维革命：商人对巫文化有着近乎痴迷的信仰，啥事都要问问老天爷怎么看，以至于整个商代历史几乎都是靠着殷墟发现的龟甲卜辞复原出来的。

三星堆先民同样痴迷于巫觋，但他们的祭器以五官夸张的青铜人面像、神树、神人像为代表，是当时青铜文明百花齐放的一个明证。就像三星堆“出海”文物，三星堆早已被海外观众熟知，当《华尔街日报》在一篇报道中向读者介绍了青铜器在中国文化中的重要地位：“青铜礼器有着重要的象征意义，他们代表着中国的‘天命’观念，对统治者而言，青铜器意味着王权的合法性。”

我是在观看了两天博物馆之后才采访郭汉中的。那是一个木讷不善言辞的工匠，一个16岁打临工的农民，一个靠自己双手养活自己并为国家做贡献的工匠。这中间有许多感慨。他的聪明有许多那个年代怀梦少年的畅想。三星堆的挖掘为他提供了太多可能，确切地说，见多识广，锤炼了他特有的生活艺术与艺术哲学。

这中间我的闺蜜诗人娜夜来陪伴了几天，我们除去看博物馆之外，更多的是在阳光下聊曾经的历史。我们在靠近一种巨大的诱惑，神秘的未知历史提供了多重想象。

娜夜说：“三星堆的过往，欲望和毁灭都十分神圣。”

三星堆曾经经历了什么？一种绵延千古的生活方式为什么被瓦解？这是历史的法则，庆幸的是泥土为历史收藏了一个朝代最后的青铜。

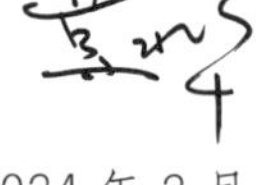

2024年2月

图书在版编目（CIP）数据

郭汉中：让三星堆文物“活”起来 / 葛水平著. —
北京：中国工人出版社，2024.4
ISBN 978-7-5008-8416-3

Ⅰ. ①郭… Ⅱ. ①葛… Ⅲ. ①传记文学－中国－当代 Ⅳ. ①I25

中国国家版本馆CIP数据核字（2024）第070540号

郭汉中：让三星堆文物“活”起来

出 版 人	董　宽
责任编辑	陈培城
责任校对	张　彦
责任印制	黄　丽
出版发行	中国工人出版社
地　　址	北京市东城区鼓楼外大街45号　邮编：100120
网　　址	http://www.wp-china.com
电　　话	（010）62005043（总编室）　62005039（印制管理中心） （010）62379038（社科文艺分社）
发行热线	（010）82029051　62383056
经　　销	各地书店
印　　刷	三河市万龙印装有限公司
开　　本	880毫米×1230毫米　1/32
印　　张	6
字　　数	62千字
版　　次	2024年5月第1版　2024年5月第1次印刷
定　　价	49.00元

本书如有破损、缺页、装订错误，请与本社印制管理中心联系更换